William McCay

Indiana Jones™ Jr et le trésor de la plantation

Traduit de l'américain par Jérôme Jacobs
Illustrations d'Erik Juszezak

HACHETTE
Jeunesse

SÉRIE *INDIANA JONES JR* DANS LA BIBLIOTHÈQUE VERTE

Indiana Jones Jr contre le roi Zed
Indiana Jones Jr et le masque de fer
Indiana Jones Jr et la princesse fugitive
Indiana Jones Jr et le tombeau du pharaon
Indiana Jones Jr et les chevaliers fantômes
Indiana Jones Jr et la croix de rubis

L'édition originale de cet ouvrage
a paru en langue anglaise chez Random House
sous le titre
YOUNG INDIANA JONES AND THE PLANTATION TREASURE

Hachette, 79, boulevard Saint-Germain, 75006 Paris.

Prologue

Debout devant la porte-fenêtre de sa bibliothèque, Ashley Ravenall admirait avec mélancolie les reflets mordorés du soleil couchant sur sa plantation de coton.

A perte de vue, ce n'était qu'un tapis moelleux oscillant dans la brise du soir. Il aurait voulu plonger une fois encore dans cet océan de blancheur. Céder de nouveau à l'une de ces vagues de bonheur qui le submergeaient lorsque, enfant, il se roulait dans les montagnes de coton fraîchement récolté.

Le patriarche de la famille Ravenall avait toujours vécu en Caroline du Sud, l'un des treize membres fondateurs de la fédération des Etats-Unis d'Amérique. Et il avait vu le jour dans l'imposante bâtisse qui dominait sa propriété.

Avec ses colonnes grecques en bois peint, on aurait dit un temple érigé au nom d'un culte mystérieux. On y accédait par une allée de chênes-verts qui avait toutes les allures d'un passage secret.

Dans les jardins luxuriants, se mêlaient des senteurs de magnolias, de camélias et d'azalées. Et lorsque le jour finissait, la fraîcheur du soir les transformait en gouttes de parfum.

Avec un soupir nostalgique, le vieil Ashley alla s'asseoir à son bureau. Il trempa sa plume dans l'encrier et ouvrit son journal à la page du 13 septembre 1858. Puis, à la lumière vacillante d'une lampe à pétrole, il écrivit ces lignes d'une main mal assurée :

Je n'avais pas l'intention de prendre la plume aujourd'hui, mais il me faut rendre compte de fâcheuses nouvelles. Le notaire Harkwood, de Charleston, vient enfin de répondre à ma lettre. Ce qu'il m'apprend me brise le cœur.

A ce moment, on frappa à la porte. Une jeune femme noire passa la tête à l'intérieur de la pièce.

« Vous allez bien, *master* Ashley ? » demanda-t-elle d'une voix inquiète, avec un accent traînant.

Le vieux Ravenall leva les yeux.

« Oui, ma bonne Harriet, je vais bien. Vois-tu, notre vrai "*master*", notre unique maître à tous, c'est le destin. Voilà la vérité, et je veux qu'il en soit ainsi. »

A moitié convaincue, Harriet hocha la tête et se retira sur la pointe des pieds. Elle était habituée aux déclarations farfelues de son maître. Au fil des années, elle l'avait vu vieillir et elle lui pardonnait ses caprices.

Mais depuis quelque temps, Harriet s'inquiétait au sujet du vieil homme. On l'aurait dit miné par quelque secret tourment...

Ravenall inclina en arrière son corps fatigué, se frotta les yeux, et se remit à écrire.

Les représentants de Harkwood ont acheté soixante-dix balles de coton, six barriques de mélasse et deux esclaves pour ma plantation. Mais ces transactions n'apparaissent pas dans les registres de mon régisseur, Harlan Clegg. Cette découverte confirme mes soupçons : Clegg est un voleur. Je dois savoir combien il m'a dérobé.

Ashley Ravenall s'interrompit de nouveau pour contempler le portrait jauni d'une jeune femme aux traits délicats. Mais immédiatement, ses yeux s'embuèrent de larmes.

Depuis la mort de ma chère épouse Elizabeth, il y a un an, je n'ai pas consacré le temps nécessaire à la plantation. Ce gredin de Clegg a dû en profiter. Oh, Elizabeth ! Toi partie, la vie quotidienne m'a soudain paru si futile !

De sa main fripée, il essuya une larme sur sa joue desséchée, puis trempa de nouveau sa plume dans l'encrier.

J'avais perdu la force de me battre. Mais aujourd'hui, je dois surmonter ma peine et songer à l'avenir. Clegg a peut-être volé notre coton, mais il ne mettra jamais la main sur la fortune de notre famille !

Cette richesse, je dois la transmettre à mes héritiers. C'est pourquoi j'ai déjà pris mes dispositions à cet effet.

D'un air décidé, il palpa une liasse de feuillets entassés à côté de lui. Puis il frappa du poing sur son bureau.

Bien que Clegg insiste pour que j'achète encore des esclaves, j'ai préféré investir mon argent. Les usines métallurgiques, l'industrie textile, le chemin de fer... voilà le futur. C'est la vérité et je veux qu'il en soit ainsi.

Un bruit métallique le fit sursauter. Harriet venait de déposer son seau dans le hall. Bientôt, elle se mit à lessiver le sol à grande eau, tout en chantant comme un pinson.

Dans les années à venir, ces investissements apporteront la sécurité à mes fils et me per-

mettront de rendre à mes ouvriers noirs ce qui leur appartient. Elizabeth et moi en avons discuté à maintes reprises. Quand je mourrai, tous mes esclaves seront libérés.

Il n'est pas juste de vivre du travail et de la souffrance d'autres êtres humains sans même les payer. Nous les appelons notre « propriété ». Nous les achetons et nous les vendons selon notre bon plaisir. Ce n'est pas bien !

Et voilà pourquoi la fédération des Etats-Unis d'Amérique est menacée ! A cause de l'esclavage... Ceux du Nord ont raison, quoi qu'on en dise. Et nous autres Sudistes, nous avons tort. Il faut abolir l'esclavage. C'est la vérité, et je veux qu'il en soit ainsi.

Le noble vieillard frappa encore du poing sur la table, comme pour s'en convaincre lui-même.

« Tout va bien, *master* Ashley ? » cria Harriet depuis le hall.

Ravenall secoua la tête.

« Oui, oui, Harriet. Tout va bien. »

Il passa une main hésitante dans ses cheveux clairsemés et reprit sa plume.

Mon plan est clair. Tout est écrit dans mon testament. Ma famille sera protégée, même si Harlan Clegg veut s'approprier mes biens. J'ai dissimulé mes titres de propriété avec les lettres de Harkwood.

ET JE SUIS SEUL AU MONDE A SAVOIR OU.

Mais ce soir, Dexter Fairburn, mon notaire personnel, l'apprendra lui aussi. Il deviendra le gardien de mon secret, et celui de la fortune des Ravenall.

Glissant la liasse de papiers dans sa poche, il tourna les yeux vers les rayonnages de la bibliothèque.

Il faut que je veille à laisser des indices à mes enfants. Le secret de leur avenir sera toujours devant leurs yeux. Mais ils devront savoir où regarder... Et une seule personne pourra leur dire où trouver le premier indice. Si leur père meurt, ils devront demander à Harriet Robinson, ma jeune esclave, où se trouve le trésor.

Le sourire aux lèvres, Ravenall referma son journal.

Une fois clos, ce dernier ressemblait à un livre ordinaire. Sa reliure de cuir vert était assortie à celle d'une série d'ouvrages rangés sur l'un des rayons de la bibliothèque. On avait même gravé un titre dessus, en fines lettres d'or : *Les Sermons de Cotton Mather*.

« Harlan Clegg ne va certainement pas s'amuser à lire les paroles d'un prêcheur, déclara Ashley à voix haute. Surtout celles d'un prêcheur nordiste... »

Puis il glissa le journal entre deux autres livres.

« Ainsi, il passera inaperçu, gloussa-t-il, tout fier de sa trouvaille. Un livre parmi tant d'autres... Hé! Hé!»

Il tapota affectueusement sa poche, où son testament attendait d'être remis au notaire Fairburn. Puis il appela Harriet.

La jeune esclave n'avait pas encore fini d'astiquer le sol du hall d'entrée, mais elle obéit aussitôt à son maître et protecteur, et pénétra dans la bibliothèque.

Quelques instants plus tard, tous deux ressortaient de la petite pièce. Harriet ramassa son seau et se remit à frotter. Quant à son maître, il ouvrit la porte majestueuse de son antique demeure et s'avança sur le perron.

« Thomas! appela-t-il. Est-ce que mon cheval est prêt? Je vais chez le notaire. C'est la vérité, et je veux qu'il en soit ainsi!»

Quelques instants plus tard, Ashley Ravenall montait en selle et partait au galop vers la ville.

Le soleil venait de disparaître à l'horizon, et un courant glacé faisait frissonner les boules de coton dans l'air du soir. Harriet et Thomas regardèrent *master* Ravenall s'éloigner.

Mais ce qu'ils ignoraient, c'est qu'ils le voyaient pour la dernière fois. En effet, le patriarche de la plantation Ravenall n'arriverait pas à l'heure à son rendez-vous...

1

Chapeau, Indiana !

« J'ai horreur des chapeaux de paille », grommela Indiana Jones.

D'une main ferme, il tenta d'en rabattre le bord. Peine perdue : le couvre-chef rebelle refusa de se plier à ce caprice.

« Et je n'aime pas du tout cet endroit », ajouta-t-il pour faire bonne mesure.

D'un œil morose, il contempla les maisons biscornues qui cuisaient sous le soleil brûlant. Le professeur Jones avait eu l'idée saugrenue d'effectuer « une petite marche digestive » après le déjeuner, et « Junior » n'avait eu d'autre choix que de l'accompagner.

« Un chapeau de paille est tout à fait approprié pour un jeune garçon », commenta le professeur.

Henry Jones était en sueur. Mais la chaleur n'aurait pas raison de sa ténacité. Il avança un argument de poids.

« Nous sommes en 1913, que diable ! Tu ne veux pas être à la mode ?

— Mais j'avais un chapeau parfait, protesta Indy. Tu te rappelles... celui que m'avait donné ce type étrange, dans l'Utah. »

Le professeur Jones secoua la tête.

« Parfait pour la campagne, peut-être. Mais nous sommes dans une grande ville, maintenant.

— Georgetown, une grande ville ? » s'interrogea Indy en examinant de nouveau les constructions en ruine qui bordaient la rue pavée.

« Wash-ing-ton, corrigea le professeur, la capitale de notre beau pays : les Etats-Unis d'Amérique. Georgetown n'est qu'un quartier de Washington. J'en-sei-gne à l'uni-ver-si-té de Georgetown », martela-t-il d'un ton pénétré.

Et de jeter un coup d'œil sur sa montre en or.

« D'ailleurs, je donne un cours dans quelques minutes, ajouta-t-il en s'épongeant le front. J'espère qu'il fera plus frais à l'intérieur de l'amphithéâtre. »

Ravi de l'aubaine, Indy se mit à siffloter. D'un air absent, il entreprit de sautiller d'un pied sur l'autre. Il allait enfin pouvoir respirer pendant quelques heures le doux parfum de la liberté !

Mais il lui faudrait d'abord en passer par l'habituel sermon du professeur Jones. En voyant son fils soudain si allègre, celui-ci fronça en effet les sourcils.

« Je me demande si je peux te laisser seul, Junior... »

Indiana leva les yeux au ciel.

« P'pa ! Combien de fois t'ai-je...

— ... demandé de ne pas t'appeler Junior. D'accord, fiston. Excuse-moi. C'est juste que tu te débrouilles toujours pour m'attirer des ennuis quand tu es livré à toi-même. »

Indy soupira.

« Avec ce galurin, j'ai plutôt envie de me faire oublier, se lamenta-t-il.

— Indiana ! Je t'ai déjà dit et répété de ne pas employer ces termes vulgaires. Je te prie de les abstraire de ton vocabulaire. »

Sur ces paroles bien senties, le professeur Jones tourna les talons et s'en fut en toute hâte vers son amphithéâtre.

Indy résolut d'aller flâner dans une rue commerçante, histoire de passer le temps. Mais l'endroit manquait pour le moins d'animation. Il n'y avait personne dehors !

A l'évidence, tous les habitants de Georgetown et de Washington réunis avaient préféré rester chez eux, pour se protéger de la chaleur. Ah ! Une glace bien fraîche... un soda glacé... Indy aurait donné cher pour les obtenir. Il aurait même sacrifié... son chapeau de paille.

Le nez au vent, il parcourut une centaine de mètres et s'arrêta devant un magasin d'antiquités. En apercevant son reflet dans la vitre de la porte d'entrée, il se mit à la recherche d'une position plus avantageuse pour ce déshonorant couvre-chef.

« A la mode, ce galurin ? pesta-t-il entre ses dents. Je veux bien être pendu... »

Mais il n'eut pas le temps de finir sa phrase. A ce moment, en effet, deux silhouettes venaient de faire leur apparition dans la rue et se reflétaient elles aussi dans la vitrine du magasin.

L'espace d'un instant, Indy n'en crut pas ses yeux. Une jeune femme venait de sortir d'une maison voisine, et aussitôt un géant roux aux larges épaules s'était approché d'elle, plaquant sa main gigantesque sur la bouche de la malheureuse.

C'est alors qu'un deuxième larron, tout aussi costaud et doté d'une immense barbe noire, sauta d'une voiture à cheval et tenta d'arracher quelque chose des mains de la jeune femme.

Tout s'était passé très vite, et les agresseurs n'avaient pas aperçu Indy. Mais ils n'allaient pas tarder à faire sa connaissance, foi d'Indiana !

Le jeune garçon s'élança dans la rue. Il n'était pas très grand, mais côté muscles, il se défendait très bien. Et il avait un avantage : les deux hommes lui tournaient le dos.

Le barbu faisait maintenant face à la jeune femme.

« Nous vous tenons, *miss* Lizzie, rugit-il. Et nous mettrons la main sur ce livre... d'une façon ou d'une autre. »

Soudain, une voix moins virile mais tout aussi déterminée se fit entendre.

« Tu veux de la lecture, Raspoutine ? Eh bien, lira bien qui lira le dernier ! » s'exclama Indiana.

Et il agrippa les épaules du barbu, qui s'écroula au sol. La jeune fille sut tirer parti de l'aubaine et décocha un coup de pied meurtrier au tibia du géant roux. Ce dernier poussa un hurlement de douleur et relâcha à son tour sa captive, qui partit en courant.

Mais en deux enjambées, il l'avait déjà rattrapée. Indy voulut se précipiter pour intervenir, mais il fut brutalement poussé de côté. Dans la bataille, son chapeau s'envola.

Qu'à cela ne tienne ! Il se releva d'un bond et repartit à l'assaut avec ardeur.

Cette fois, c'est aux jambes du grand roux qu'il s'en prit, pour le plaquer au sol. Tous deux se retrouvèrent par terre, et la jeune femme en profita de nouveau pour s'échapper en hurlant. Son agresseur ne fut

pas long à se relever et poussa un rugissement à faire fuir tous les rats des environs.

Fort heureusement, toutes ces clameurs diverses et variées avaient ameuté le quartier, et bientôt les riverains apparurent à leurs fenêtres.

« Laissez cette femme tranquille, ordonna l'un d'entre eux.

— Appelez la police ! » lança un autre.

Le grand roux s'immobilisa, des dizaines de paires d'yeux braquées sur lui.

« Que faisons-nous, maintenant, Beau ? demanda son comparse barbu, qui venait de le rejoindre avec Indy sur ses talons.

— On file en quatrième vitesse ! » répondit le géant courroucé.

Violemment bousculé par les deux lascars, Indy alla s'écraser contre un mur de briques. Quand il se releva, ils avaient déjà sauté sur leur attelage. Beau fit claquer son fouet, « Raspoutine » remit de l'ordre dans sa barbe, et les chevaux partirent au triple galop.

Indy tituba péniblement, en posant la main sur son crâne endolori. Il était trop tard : les deux fugitifs avaient disparu. Mais au moins, la jeune femme était saine et sauve.

Et elle venait justement de se baisser pour ramasser un objet informe au beau milieu de la rue. Sa démarche élégante, ses mouvements gracieux dénotaient une origine aristocratique.

Après s'être relevée dans un affriolant froufrou de robe et de jupons, elle se dirigea vers Indy.

« Il a été piétiné dans la bagarre », constata-t-elle avec un accent du Sud prononcé.

Elle tenait à la main un chapeau de paille aplati. Indy, nullement honteux et encore moins confus, jura, le sourire aux lèvres, qu'on l'y prendrait encore.

« Merveilleux ! s'écria-t-il, à la grande stupeur de la jeune femme. C'est mon jour de chance ! »

La belle du Sud le contempla avec malice.

« Vraiment ? » fit-elle, moqueuse.

2

Indy relève le gant

Tête nue sous le soleil brûlant, Indy regretta vite le chapeau de paille réduit en bouillie. Mais il résolut de faire bonne figure et tenta d'en savoir plus sur l'inconnue qu'il avait arrachée aux mains des deux brigands.

Ses yeux se plissèrent pour observer celle-ci plus en détail. L'examen terminé, il tomba en arrêt devant sa beauté.

La jeune femme s'avérait être une jeune fille, âgée d'environ dix-huit ou dix-neuf ans, c'est-à-dire quatre ou cinq de plus qu'Indy. Avec son air conquérant et ses cheveux blonds comme les blés, on aurait dit une déesse antique. Mais cette déesse était bien réelle, et au-dessus de ses joues constellées de taches de rousseur, deux yeux bleus brillaient comme des étoiles.

« Comment s'appelle mon sauveur ? » demanda-t-elle d'une voix suave.

Sensible au compliment, Indy releva le menton et en oublia la bosse qui continuait de grossir au sommet de son crâne en feu.

« On m'appelle Indy, mademoiselle. C'est le diminutif d'Indiana. »

La jeune fille fronça les sourcils.

« On dirait bien un nom yankee. Un nom du Nord. »

Indy hocha la tête.

« Mon père et moi avons vécu un peu partout dans le pays, expliqua-t-il. Il est professeur, et en ce moment il enseigne à l'université de Georgetown. »

Le visage de la jeune fille venait de s'éclairer d'un large sourire. Etait-ce de bon augure ?

« Quelle coïncidence ! s'exclama-t-elle. J'ai fait tout le chemin depuis la Caroline du Sud pour rencontrer un professeur de Georgetown University ! »

Indy frétilla d'aise en entendant ces propos. Décidément, cette journée morose prenait un tour glorieux.

« Mais je m'aperçois que je ne me suis pas encore présentée, fit alors la jeune fille en tendant une main gantée à Indy. Elizabeth Ravenall. Enfin, tout le monde m'appelle Lizzie... »

Elle adressa un regard plein d'espoir à Indy, qui s'empressa d'effleurer de ses lèvres la dentelle. Cette main délicate embaumait le magnolia.

« Ton père ne serait pas historien, par hasard ? » demanda la belle du Sud en faisant tourbillonner son ombrelle.

Littéralement sous le charme, Indy aurait donné la terre entière pour pouvoir répondre oui. Mais il ne savait pas mentir :

« Non, mon père enseigne la littérature médiévale. Remarquez, c'est un sujet très intéressant aussi.

— Oh !... », répondit Lizzie avec une moue de dépit.

Puis, visiblement déçue, elle haussa les épaules.

« Alors, je suppose que tu ne connais pas le docteur Walton ?

— Le docteur Zachary Walton ? »

Indy se sentit revivre.

« Lui-même ! s'exclama Lizzie, en agitant son ombrelle.

— Mais c'est un très bon ami de mon père ! exulta-t-il. Je suis sûr qu'il pourra vous arranger une entrevue. Que... que voulez-vous lui demander ? »

Si le professeur Jones l'avait aperçu à ce moment précis, il n'aurait sans doute pas reconnu son fils. La nonchalance qui exaspérait tant le professeur avait cédé la place à une exaltation très inhabituelle chez Indiana.

Lizzie s'étonna bien de l'enthousiasme manifesté par le jeune garçon, mais elle n'avait qu'une idée en tête.

« Je veux montrer au docteur Walton le journal secret de mon grand-père.

— Un journal secret ? »

Indy fut soudain parcouru d'un frisson. L'attrait de l'aventure, le parfum enivrant d'un passé mystérieux... Diable ! Tous les ingrédients étaient réunis pour faire de cette journée un moment mémorable.

« Ce journal remonte aux années qui ont précédé la guerre de Sécession, entre 1855 et 1858, précisa Lizzie. Et mon grand-père y mentionne un trésor.

— Un trésor ?!

— Mais oui, un trésor. Et j'ai besoin de toi pour m'aider à rencontrer le docteur Walton. Lui seul peut élucider le mystère de Ravenall Hall. »

La jeune fille frappa le pavé de la pointe de son ombrelle. Puis elle entreprit de déployer le précieux accessoire. Comme par magie, le visage de porcelaine disparut dans l'ombre protectrice.

Indy s'épongea le front. Que n'était-il lui aussi en possession d'une ombrelle ?

Il regarda autour de lui, en quête d'un havre de fraîcheur, sans succès, malheureusement. Mais à sa grande surprise, il s'aperçut que la rue déserte s'était soudain remplie d'une foule admirative.

Trop absorbé par le récit de Lizzie, Indy n'avait pas prêté attention aux résidents, qui étaient tous sortis de chez eux. Ils voulaient en effet voir de plus près cet adolescent courageux qui avait mis en déroute deux redoutables malfrats.

Tout à coup, des murmures s'élevèrent dans la foule et une salve d'applaudissements crépita comme un feu de joie sous le soleil ardent.

« Mon garçon, tu es un champion! s'exclama un homme rougeaud dont le ventre menaçait d'exploser.

— Tu fais honneur aux Etats-Unis d'Amérique », renchérit un autre.

Indiana rougit de plus belle.

« Hum... eh bien... hum...

— Ils ont raison, fit Lizzie. Tu m'as sauvé la vie. Ces gredins m'auraient étranglée, si tu n'étais pas intervenu. »

Et soudain, sans autre forme de procès, elle se pencha pour déposer un baiser reconnaissant sur la joue cramoisie de son « héros ».

De nouveau, des applaudissements nourris se firent entendre.

Indy n'en attendait pas tant, mais il fut prompt à se montrer digne de cet honneur. Avec une noble assurance, il se déclara prêt à relever le gant et joignit immédiatement le geste à la parole : il attrapa délicatement le bras de la jeune fille et, tel un preux chevalier, baisa de nouveau la main de sa princesse.

« Je vais prévenir le docteur Walton », annonça-t-il alors à une Lizzie radieuse.

Et il se dirigea d'un pas décidé vers l'université.

3

A la recherche du temps perdu

Le soir même, les Jones reçurent deux visiteurs dans la pension de famille qui les hébergeait. Leur chambre n'était pas très spacieuse — le professeur n'aimait pas les dépenses excessives. Mais elle pouvait offrir un asile à quatre personnes, et quelques gravures bien choisies lui donnaient un petit air pimpant.

Seul autre pensionnaire de cette demeure modeste, un cordonnier du nom de Schumacher, qui oubliait régulièrement ses chaussures aux quatre coins de la maison. Chaque fois que la propriétaire, Mme Peabody, en ramassait une au hasard d'un vestibule, elle ne manquait pas de s'exclamer : « Ce sont toujours les cordonniers les plus mal chaussés ! »

Et pour peu qu'il l'entendît, Schumacher répondait à l'avenant : « Un chausseur sachant chausser doit savoir se chausser sans chaussures! »

Un tel échange venait justement d'avoir lieu quand on frappa à la porte d'entrée de la pension. Indiana se précipita au rez-de-chaussée pour ouvrir, prenant de vitesse Hortense Peabody.

La première venue n'était autre que Lizzie Ravenall. Resplendissante de beauté, l'enivrante belle du Sud était revenue ensorceler Indy. S'efforçant de paraître plus grand qu'il ne l'était, ce dernier ouvrit la marche à grands pas et conduisit Lizzie à l'étage supérieur.

« Enchanté, mademoiselle », fit le professeur Jones, quelque peu agacé par l'attitude de son fils.

L'universitaire embrassa maladroitement le gant qui lui était tendu.

« Je ne sais pas pourquoi, reprit-il une fois cette embarrassante civilité accomplie, mais Junior n'avait de cesse que je vous mette en présence de mon vieil ami, le docteur Zachary Walton. »

Indiana adressa un regard noir au professeur. Quand perdrait-il donc l'habitude d'user de ce sobriquet ? Surtout en public !

Mais il n'eut pas le temps d'exprimer son indignation. Le second visiteur venait en effet de frapper à la porte.

Homme de grande stature à la démarche élégante, le docteur Walton avait toutefois les épaules voûtées : sans doute le résultat de trop longues heures passées devant un bureau. Il salua l'assemblée avec pompe. La modestie ne semblait pas être son fort.

Comme pour se donner une contenance, il arborait une magnifique moustache grisonnante, en forme de guidon de vélo. Et il devait en être fier, car il passa à plusieurs reprises un doigt connaisseur sur la partie droite de ce glorieux ornement.

Puis il sortit un monocle de la pochette de son veston. Après avoir ajusté le cercle de verre à son œil droit, il bomba le torse et se tourna vers Lizzie.

« Si je comprends bien, vous êtes cette demoiselle qui a laissé tant de messages à mon bureau, commença-t-il d'un ton suave. Et pour quelle raison, s'il vous plaît, désirez-vous à ce point rencontrer un vieux Yankee tel que moi ? »

Il avait laissé traîner la voix sur le mot yankee, ce surnom péjoratif dont les nordistes sont traditionnellement affublés par leurs ennemis du Sud. Mais Lizzie feignit de ne pas relever l'humour, à vrai dire épais, du digne historien.

Le professeur Jones fit signe à tout le monde de s'asseoir, et la jeune fille entama son récit.

«Je suis venue de très loin pour vous rencontrer, docteur Walton. J'ai dépensé presque tout mon argent, mais je pense que cela en valait la peine. Je sais que vous êtes une autorité en matière d'Histoire, surtout en ce qui concerne les années précédant la guerre de Sécession.»

Zachary Walton se dandina sur sa chaise, visiblement ravi de ce compliment.

«Vous me flattez, chère mademoiselle...», fit-il avec un sourire fat.

Puis il affecta de baisser modestement les yeux, mais perdit son monocle dans la manœuvre. D'un petit coup de pied discret, Indy en profita pour expédier le cercle de verre à l'autre bout de la pièce. Les travaux d'approche de ce vieux joli-cœur l'exaspéraient : le docteur Walton regardait Lizzie d'un air un peu trop gourmand au goût du jeune garçon...

«Hum... je... vous écoute, mademoiselle», répondit Walton d'un air absent.

La moustache en vrille, il observa ses pieds avec application. Où diable son monocle était-il allé se nicher?

La jeune fille jeta un coup d'œil inquiet en direction d'Indy, qui prit un air innocent.

«Eh bien... voici, commença-t-elle. En 1858, mon grand-père, Ashley Ravenall, a été retrouvé mort noyé dans une crique. Les gens du voisinage ont pensé qu'il était tombé de cheval en traversant un pont. Or, mon grand-père était un excellent cavalier.»

Elle s'interrompit, car le docteur Walton se trouvait maintenant à genoux par terre et scrutait les environs de sa chaise. Mais le professeur Jones lui fit signe de poursuivre, et la jeune fille reprit son récit.

«Le plus mystérieux, dans cette affaire, c'est que mon grand-père venait de rédiger son testament. Au moment de sa mort, il se rendait justement chez son notaire pour le lui remettre. Et pourtant, on n'a pas retrouvé le moindre document sur lui.

— C'est fort mystérieux, en effet, admit le professeur Jones.

— Tu veux dire suspect», renchérit Indy.

Lizzie leva les bras au ciel.

«Sans testament, la propriété de notre famille a fini entre les mains de la banque. Et après la guerre de Sécession, Harlan Clegg, le régisseur, l'a rachetée pour une bouchée de pain.»

Le docteur Walton se releva en secouant la tête.

«Il n'y avait pas... d'autre héritier? demanda le professeur Jones, qui ne comprenait rien au petit manège de son ami Zachary.

— Deux des trois fils Ravenall sont morts au combat, pendant la guerre, expliqua Lizzie. Le troisième n'était autre que mon père.

Mais il est parti dans l'Ouest, pour tenter de rebâtir la fortune de la famille. »

Elle eut un petit sourire triste.

« Malheureusement, il n'a pas réussi. Il est revenu malade, a épousé ma mère, et puis il est mort deux ou trois ans après ma naissance. C'est à ce moment-là que nous avons été obligés de vendre la plantation. Je... je me souviens à peine de cette époque.

— Alors si je comprends bien, vous êtes la dernière des Ravenall, conclut le docteur Walton d'un ton impatient.

— En effet, et ce nom est tout ce qui me reste. La propriété familiale s'appelle maintenant Clegg County. C'est le fils de Harlan Clegg qui en a hérité, et il n'aime pas beaucoup les Ravenall. Remarquez, nous n'avons nous-mêmes jamais apprécié les Clegg outre mesure. »

Dépourvu de son monocle, Walton avait toutes les peines du monde à prendre en note le récit de Lizzie. De guerre lasse, il se caressa de nouveau la moustache d'un air pensif.

« Bon, parfait. Mais si je comprends bien, nasilla-t-il, un élément nouveau est intervenu.

— Elémentaire, mon cher Walton ! » s'écria le professeur Jones.

Toute déduction un peu subtile ne manquait jamais de susciter son admiration.

« Vous avez raison », fit Lizzie en sortant un paquet de son sac.

Elle présenta alors au docteur Walton un livre soigneusement emballé. C'était un ouvrage relié de cuir vert, sur lequel avaient été gravées de fines lettres d'or.

Indy dut plisser les yeux pour en déchiffrer le titre, à moitié effacé par les ans. *Les Sermons de Cotton Mather*? Qu'est-ce que cela pouvait bien signifier?

— C'est ce qui est écrit, expliqua Lizzie. Mais regardez à l'intérieur.»

Elle feuilleta l'ouvrage jauni sous les regards ébahis du trio.

«En réalité, il s'agit du journal secret de mon grand-père. Au moment de la succession, ma mère avait heureusement pu récupérer ses livres, car Harlan Clegg ne leur attachait aucune valeur.»

Elle baissa les yeux.

«Lorsqu'elle est morte, je me suis mise à les classer. Et un beau jour, je suis tombée sur ce journal. Le plus important, je crois, est la dernière page. Mon grand-père y mentionne l'existence d'un trésor et le nom d'une esclave, Harriet Robinson.»

Percevant la tristesse de la jeune fille, Indy, profondément ému, esquissa un geste de réconfort. Mais le professeur Jones l'observait maintenant d'un œil sévère. Il venait en effet de repérer le monocle du docteur Walton à l'autre bout de la pièce...

« Votre grand-père devait être un homme très libéral, commenta Walton. A l'époque, les esclaves n'étaient pas autorisés à porter un nom de famille.

— Vraiment ? s'indigna Indy, scandalisé.

— Vraiment, jeune homme, insista Walton en se tournant vers Lizzie.

— Avez-vous parlé à cette Harriet ? demanda-t-il. Est-elle toujours vivante ? »

Lizzie secoua la tête.

« Je n'en ai aucune idée. Ce que je sais, en revanche, c'est qu'Harlan Clegg était un maître cruel. Beaucoup de ses esclaves ont tenté de s'enfuir. Mais la plupart ont été repris et reconduits à la plantation. Vivants... ou morts. Harriet a eu de la chance : elle a réussi à s'échapper. »

Indy semblait choqué par ce récit. Quant au professeur Jones, s'il était choqué, c'était par la mine désespérée du docteur Walton. N'y tenant plus, il se leva et alla ramasser le monocle.

Lorsqu'il eut retrouvé son bien, une expression de ravissement vint chasser toute contrariété du visage de l'historien. La moustache triomphante et le monocle bien enfoncé dans son orbite, il s'exclama :

« Bien sûr ! Le chemin de fer souterrain !

— Bien dit, Zachary ! » renchérit le professeur Jones.

Lizzie hocha la tête d'un air entendu, mais Indy ouvrit des yeux ronds.

« De quoi voulez-vous parler ? » demanda-t-il.

Le professeur Jones se chargea d'éclairer son fils.

« En réalité, expliqua-t-il, il n'y avait ni voies ferrées ni locomotives. Seulement quelques personnes très courageuses et déterminées à aider les esclaves fugitifs des plantations du Sud à gagner le Nord, où l'esclavage n'existait pas. »

Mais il s'interrompit très vite. En effet, le monocle de son confrère lui lançait des éclairs de colère. Pour manifester son courroux, le docteur Walton alla même jusqu'à déloger une fois encore de son orbite le précieux instrument.

« Hum..., fit le professeur Jones, un peu confus. J'empiète sur le domaine de Zachary. »

Avec un clin d'œil reconnaissant, le docteur Walton rechaussa son monocle.

« A cette époque-là, commença-t-il d'un ton pénétré, si l'on aidait un esclave à s'échapper, on était passible d'une peine de prison pouvant aller jusqu'à douze ans. C'est que, voyez-vous, le système était bien organisé : dans les souterrains, les fugitifs pouvaient faire étape dans des maisons qu'on appelait des gares. Chacune avait d'ailleurs son “chef de gare”. »

Maître du suspense, le docteur Walton effectua lui-même un arrêt, le temps de lisser sa moustache.

« Quant aux hommes qui acheminaient les esclaves vers la liberté, on les nommait des “chefs de train”. C'était une sorte de code, vous comprenez ?

— Et le gouvernement a fermé les yeux ? demanda Indy, éberlué par cette histoire incroyable.

— Pendant un temps, oui, répondit le docteur Walton. Mais il a fini par voter une loi autorisant les propriétaires d'esclaves à venir les récupérer dans le Nord et à les ramener enchaînés dans les plantations. C'est pourquoi le réseau souterrain a dû être étendu jusqu'au Canada. Là-bas, les esclavagistes n'avaient aucun pouvoir. »

De nouveau, Zachary Walton s'interrompit. De nouveau, il se caressa la moustache. De nouveau, il remit son monocle en orbite. Le professeur Jones, Lizzie et Indy étaient suspendus à ses lèvres.

« Vous le savez sans doute, reprit alors Walton, je suis l'une des rares personnes vivantes à connaître le tracé exact de ce réseau souterrain.

— C'est la raison pour laquelle je me suis adressée à vous, répondit Lizzie avec feu.

J'aimerais découvrir quelle route a été empruntée par Harriet lors de sa fuite. Cela me permettra peut-être d'identifier l'endroit où elle se trouve aujourd'hui.

— Si elle est toujours vivante... », ajouta le professeur Jones.

Indy lui décocha de nouveau un regard noir. Le joli visage de Lizzie, tout à l'heure si gai, était tout assombri. Son père n'avait-il donc aucune once de tact, pas un atome de sensibilité ?

« Hum..., fit le professeur, je suis désolé. Je ne voulais pas... »

Zachary Walton secoua la tête.

« A mon avis, c'est une cause perdue. Se lancer à la poursuite d'un vague trésor caché il y a cinquante ans... peuh ! Autant en emporte le vent ! »

Lizzie baissa la tête avec accablement au grand dam du docteur Walton.

« Mais... hum..., ajouta-t-il, je suis un aventurier dans l'âme, mademoiselle Ravenall. Et après tout, mes recherches auront peut-être servi à quelque chose. Je suis prêt à relever le défi ! » annonça-t-il pompeusement.

La jeune fille saisit la main de l'historien, qu'elle porta à ses lèvres dans un élan de joie.

« Moi aussi, je suis prêt à relever le défi », lança Indy, qui ne tenait nullement à ce qu'on l'oublie.

Et avant même que son père ne puisse élever la moindre objection, il ajouta :

« Tu seras occupé à l'université, p'pa. Et je suis sûr que Lizzie et le docteur Walton auront besoin d'aide.

— Le problème, fiston, c'est que tu apportes toujours une foule de complications dans ton sillage. »

Heureusement, Lizzie intervint pour sauver la mise de son protecteur.

« Peut-être, mais il sait aussi se trouver au bon endroit au bon moment, j'en ai fait l'expérience tout à l'heure. Je suis sûre qu'il nous sera d'un grand secours. »

Elle ne croyait pas si bien dire...

4
Le docteur a peur

La journée du lendemain débuta par une cruelle déception pour Indy. Il avait passé la nuit à rêver de sirènes du Mississippi et de cabanes au Canada. Et en se réveillant, il se voyait déjà au côté de Lizzie dans la nouvelle Ford rutilante et pétaradante du docteur Walton.

Oui, le doux parfum de l'aventure flottait dans l'air, et Indiana Jones avait des fourmis dans les jambes. Fort de ce regain d'enthousiasme, il avait même ressorti son chapeau de feutre, son préféré, celui qui lui avait été offert dans l'Utah.

Aussi, quelle ne fut pas sa déconvenue lorsqu'il entendit des sabots battre le pavé et s'immobiliser devant la pension de famille! Par la fenêtre, Indy aperçut une carriole vétuste et deux chevaux noirs. Perchés sur le siège du cocher, il reconnut Lizzie Ravenall et Zachary Walton.

Pestant et maugréant contre ce coup du sort, il descendit au rez-de-chaussée, décochant un coup de pied rageur dans une vieille savate oubliée là par M. Schumacher.

« Les cordonniers sont toujours les plus mal chaussés ! » lui glissa au passage Mme Peabody.

Il n'attendit pas la réponse du cordonnier, trop pressé de se lancer à la recherche du trésor.

Mais une fois monté dans l'attelage, Indy rabattit les bords de son chapeau de feutre pour masquer son rire. Ce qui venait de déclencher son hilarité n'était autre que l'accoutrement du docteur Walton. Celui-ci portait en effet un complet-veston flambant neuf, une cravate aux tons criards, et son inséparable monocle. On aurait cru qu'il se rendait à un bal costumé !

« En Virginie, annonça-t-il avec emphase, nous allons devoir emprunter des chemins *à peine* carrossables. Alors, je me suis dit que j'épargnerais cette indignité à ma nouvelle Ford T. C'est une petite chose fragile, vous savez... »

D'un geste auguste, il fit alors claquer son fouet et l'antique convoi s'ébranla.

Une grimace déforma le visage d'Indy. Les cahots infligés à l'attelage par les pavés avaient de quoi briser les reins de Lizzie, mais le bon docteur Walton ne semblait guère s'en soucier.

«Je suggère que nous suivions le fleuve Potomac en direction du sud, reprit Walton. Nous ferons une première halte à Farmer's Crossing, l'une des plus anciennes "stations" du réseau souterrain. Puis, j'ai prévu de quoi déjeuner sur l'herbe à midi. Nous en profiterons pour faire le point. Qui sait, à ce moment-là, nous aurons peut-être déjà retrouvé Harriet Robinson!»

Les rues de Georgetown étaient beaucoup plus animées que la veille, et les vendeurs à la criée le disputaient au fracas des attelages et aux pétarades des rares automobiles. Bientôt, heureusement, les trois voyageurs sortirent de Washington et pénétrèrent sur le territoire de l'Etat de Virginie.

Au bout d'un moment, au détour d'une courbe majestueuse du Potomac, ils aperçurent un splendide domaine.

«Voici Mount Vernon, l'ancienne propriété du président George Washington, fondateur de la capitale des Etats-Unis!» s'écria le docteur Walton, visiblement ému par ce vestige d'une époque révolue.

Mais le reste du voyage s'effectua en silence. Indy rongeait son frein, regrettant les accélérations de la Ford T. Quant à Lizzie, elle scrutait l'horizon. Non qu'elle s'intéressât le moins du monde au paysage : elle n'avait à vrai dire qu'une hâte, atteindre Farmer's Crossing, la première étape de la course au trésor.

Zachary Walton, pour sa part, observait la campagne environnante à travers son monocle, en songeant au chef-d'œuvre qu'il rédigerait une fois son enquête terminée.

Ce serait à coup sûr le couronnement de sa carrière. Il imaginait déjà le titre de cette épopée flamboyante, en grosses lettres d'or : *Les Aventuriers du rail perdu, Aiguillages en péril,* ou encore *Liberté, Egalité et voies ferrées.*

Mais pour l'heure, les champs de coton succédaient aux champs de coton, au grand dam d'Indy et de Lizzie, qui étaient désormais sur des charbons ardents. Pourquoi diable l'historien n'avait-il pas pris sa voiture ? Indy pestait contre ce vieux maniaque. Que de temps perdu avec cet attelage d'une lenteur exaspérante !...

Soudain, le visage du docteur Walton s'éclaira, et il pointa le doigt vers une vieille ferme à l'abandon. Les ruines d'une grange à moitié brûlée avaient elles aussi survécu à un demi-siècle de pourrissement.

« Bbrrrr ! frissonna Lizzie. C'est un endroit plutôt inquiétant.

— Ne vous tracassez pas, chère mademoiselle, fit alors Walton d'un ton protecteur. Je suis *aussi* là pour assurer votre sécurité.

— Oui, et nous ne serons pas trop de deux», ajouta Indy, que le suffisant docteur agaçait de plus en plus.

Le jeune garçon sauta lestement à terre et regarda autour de lui. A l'évidence, la ferme avait souffert pendant la guerre de Sécession, cinquante ans plus tôt. Ce n'étaient que vastes étendues d'herbes folles, charrues démantibulées, et citernes rouillées. Une éolienne plaintive couinait dans la brise.

Soudain, un coup de feu déchira l'atmosphère. Son écho se répercuta dans la plaine déserte, frappant d'effroi la malheureuse Lizzie.

« Couchez-vous! s'écria Indy.

— Tu... tu crois que c'est un fantôme? demanda la jeune fille, qui s'était jetée à terre juste à côté de lui.

— Hum... je n'ai encore jamais rencontré de fantômes armés», répondit Indy.

Il leva les yeux vers l'entrée de la ferme. Une silhouette malingre venait de faire son apparition dans l'encadrement de la porte vermoulue.

« Et en général, ils ne se promènent pas au grand air, ajouta-t-il encore.

— J'ai un mauvais pressentiment, reprit Lizzie.

— C'est amusant, moi aussi», répondit Indy, qui venait de sentir un filet de sueur glacée parcourir son dos.

La silhouette menaçante avança lentement

vers les nouveaux arrivants et s'immobilisa sur les marches de la véranda. Il n'y avait guère d'endroits où se réfugier : le bosquet le plus proche se trouvait à une cinquantaine de mètres, et les ruines de la grange étaient situées derrière la ferme.

Aucun moyen, donc, d'échapper au destin, qui prenait peu à peu les traits d'un homme noir aux cheveux gris, armé d'un long fusil à répétition, du type de ceux qui avaient été utilisés pour la première fois durant la guerre de Sécession.

Lizzie se rapprocha d'Indiana. Il pouvait maintenant sentir les battements du cœur de la jeune fille contre son bras.

« Vous êtes perdus ? » demanda le possesseur du fusil, d'un ton qui ne se voulait pas précisément aimable.

Indy regarda autour de lui. Mais où était donc passé le docteur Walton ? C'était lui qui les avait fourrés dans ce guêpier !

« Je vous ai demandé si vous étiez perdus ! » tonna de nouveau le fermier en avançant à découvert.

C'est alors que Walton fit son apparition derrière les roues de la carriole. Le valeureux défenseur d'Elizabeth Ravenall, oubliant ses résolutions de bravoure, s'était en effet aplati comme une sole sous le véhicule.

« Nous... nous... nous... cherchons M. Mose Harker », balbutia-t-il.

Les mains en l'air, il avait perdu toute sa superbe. Devant ce spectacle pitoyable, le fermier recula de trois pas et s'appuya contre l'une des poutres qui soutenaient, on ne sait par quel miracle, les vestiges de sa ferme.

« Eh bien, vous l'avez trouvé, répondit-il, goguenard. Que lui voulez-vous ? »

Indy observait la scène, médusé. Le docteur Walton semblait avoir perdu la langue, qu'il avait pourtant bien pendue, d'ordinaire. A bout de patience, et un peu rassurée par l'attitude en apparence plus conciliante du fermier, Lizzie prit la relève.

« Est-ce que vos parents étaient... "chefs de gare" pour le réseau souterrain ? » demanda-t-elle.

Le fermier hocha la tête.

« M'man et P'pa sont nés libres, *miss.* Notre famille est libre depuis 1813. Alors, quand des esclaves venaient leur demander de l'aide, ils ne refusaient jamais. Ils m'ont raconté des tas d'histoires... »

« Sans doute des histoires très intéressantes... se dit Zachary Walton en baissant les bras. Ce brave Mose Harker ne peut pas faire de mal à une mouche ! Impossible ! »

Retrouvant tout son aplomb, le digne historien avança d'un pas décidé vers le maître de céans... mais le sifflement aigu d'une balle le cloua sur place.

La balle en question avait fini sa course à

dix centimètres de son pied gauche. Terrorisé, le malheureux recula d'un bond et retourna se réfugier sous la carriole.

« Nous cherchons à retrouver la trace d'une certaine Harriet Robinson », expliqua Lizzie.

Son interlocuteur secoua la tête.

« Non, jamais entendu parler. Essayez l'autre station, toujours en longeant le fleuve, à une cinquantaine de kilomètres. »

Et sans se presser, il entreprit de placer deux autres cartouches dans le chargeur de son fusil. La conversation, de toute évidence, était close : les trois voyageurs se hissèrent donc en toute hâte sur la carriole, qui s'ébranla de nouveau au petit trot.

« Nous l'avons échappé belle, se lamenta Walton.

— Oui, et nous n'avons obtenu aucune information nouvelle », renchérit Lizzie.

Indy, quant à lui, se contenta de siffloter pour donner le change. Mais quelque peu échaudé par cet incident, il voulut s'assurer que le tireur ne s'apprêtait pas à faire de nouveau usage de son arme, en guise d'adieu.

Il se retourna donc d'un air soupçonneux. A première vue, le fermier grincheux avait dû rentrer chez lui. Mais Indy s'aperçut qu'un autre attelage venait de parvenir à hauteur de la ferme. Ce détail n'éveilla pas son attention sur le coup, mais il ne devait pas tarder à comprendre son erreur.

il aperçut de nouveau l'attelage qu'il avait repéré en quittant la première « station ».

Distant d'environ sept à huit cents mètres, il semblait bel et bien les poursuivre.

« Je crois que nous ne sommes pas les seuls à nous intéresser au trésor d'Ashley Ravenall ! » s'exclama le jeune garçon.

Ces quelques mots eurent sur le docteur Walton un effet instantané : avec un gémissement étouffé, il se recroquevilla sur son siège.

« Qui cela peut-il bien être ? demanda Lizzie, les sourcils froncés.

— Je n'ai pas envie de le découvrir dans cet endroit isolé », répondit Indiana Jones en arrachant les rênes des mains du docteur terrorisé.

D'un geste sec, il commanda aux chevaux de se lancer au triple galop. Après avoir henni de mécontentement, les deux animaux obéirent à la main ferme de leur nouveau cocher. Au grand désarroi de Zachary Walton, qui se mit à pousser des glapissements, cramponné à son siège.

« Tu ne trouves pas que nous allons un peu vite, mon garçon ? gémit l'historien.

— Désolé, mais il nous faut prendre de l'avance ! » répliqua Indy avec autorité.

Debout sur le siège, il encourageait les chevaux qui n'en pouvaient mais.

« Allez-y ! Yep ! Yep ! Plus vite ! Plus vite ! »

L'attelage avançait maintenant à vive allure et ses grandes roues grinçaient de douleur, tant elles étaient mises à rude épreuve sur la piste poussiéreuse.

Heureusement Indiana avait vécu au Far West, et il savait se faire comprendre des bêtes les plus rebelles. Au bout d'un moment, il se retourna pour voir si leurs poursuivants perdaient du terrain. Avec un petit sourire, il constata que ces amateurs s'étaient évanouis dans la nature.

Mais il n'était pas entièrement rassuré pour autant.

Avisant une descente qui menait jusqu'à un coude du Potomac, il précipita l'attelage vers le fleuve. Vert de peur, le docteur Walton ferma aussitôt les yeux, mais Lizzie joignit ses encouragements à ceux d'Indiana.

« Nous les avons semés, Indy ! Plus vite ! Plus vite ! »

Après quelques dizaines de mètres, le jeune garçon se mit à tirer sur les rênes. Les chevaux, déchaînés, n'étaient pas loin de s'emballer, et tout l'attelage menaçait de se renverser. Pour éviter la catastrophe, Indy devait à tout prix ralentir l'allure avant d'atteindre le bas de la pente.

Le docteur Walton rouvrit alors les yeux, pour vérifier qu'il était toujours en vie. Puis il tira timidement sur le bras du cocher.

« Arrête, mon garçon! ordonna-t-il en tremblant de tous ses membres. Voici la station que nous cherchions. »

Indy stoppa l'attelage devant une grande ferme entourée de vastes pâturages. Construite à moitié en pierre et à moitié en bois passé à la chaux, elle avait mieux résisté à l'outrage des ans. En outre, elle avait à l'évidence été restaurée depuis la guerre de Sécession.

Le docteur Walton poussa un soupir de soulagement.

« Heureusement que j'ai laissé ma nouvelle Ford T au garage! s'exclama-t-il en s'épongeant le front.

— Bravo, Indy! » s'écria Lizzie, enthousiasmée par cette course-poursuite.

Le jeune garçon ramena en arrière sa mèche rebelle, et adopta une expression modeste avant de se mettre debout. Il en avait vu d'autres!

Malheureusement pour lui, tout à sa satisfaction de briller devant Lizzie, il avait relâché la tension des rênes. Fâcheuse étourderie : tout d'un coup, les chevaux se remirent en marche.

Déséquilibré, Indy se retrouva par terre, les quatre fers en l'air. Le docteur Walton lui adressa un sourire moqueur et en profita pour reprendre la direction des opérations.

« Les propriétaires de cette ferme sont des quakers », commenta-t-il avec autorité.

Il se lissa la moustache, toute couverte de poussière.

« Leur religion leur interdit de se battre. Elle condamne toute violence. C'est pourquoi, au siècle dernier, les quakers se sont élevés contre l'esclavage. Nombre d'entre eux ont apporté leur aide au réseau souterrain.

— J'espère qu'ils pourront nous renseigner », fit Lizzie.

Ils avisèrent alors un vieillard qui sommeillait sur un rocking-chair. Sans faire de bruit, tous trois s'approchèrent du vénérable ancêtre. Avec ses joues flétries et sa barbe blanche, il ressemblait à un prophète.

« Hum... pardon, monsieur, fit Walton d'une voix suave. Excusez-nous de vous déranger mais... hum... nous cherchons quelques renseignements sur les années qui ont précédé la guerre de Sécession. »

Le vieil homme ouvrit un œil.

« Parlez plus fort, mon jeune ami. Je suis un peu dur d'oreille », répondit-il.

Walton inspira fortement et bomba le torse. Puis, d'une voix de stentor, il déclama :

« NOUS VOULONS VOUS INTERROGER AU SUJET DE LA GUERRE DE SECESSION ! »

Indy porta les mains à ses oreilles. Ce

nigaud de Walton allait ameuter toute la Virginie !

« Une terrible tragédie, la guerre..., fit le vieillard. Comment puis-je t'aider, mon frère ? »

Walton haussa les sourcils, puis se caressa le menton.

« Nous croyons savoir que vous avez aidé un certain nombre d'esclaves à s'enfuir vers le Nord, expliqua Lizzie. Avez-vous connu une femme nommée Harriet Robinson ? »

Le vieil homme se gratta le front en faisant osciller son rocking-chair.

« Si j'avais un pinson ? demanda-t-il. Non, je n'ai jamais eu de pinson. »

Et il secoua la tête, ce qui eut pour effet de faire ballotter les plis de ses joues.

« Non, vous n'avez pas compris. Je veux parler de HARRIET ROBINSON », répéta Lizzie avec patience.

Le regard du vieil homme s'éclaira.

« Ah ! Harriet. Une femme très brave, très courageuse.

— Elle est passée par ici ?! s'exclama Lizzie, au comble de l'excitation.

— Ah non ! elle n'est pas ici. Mais je me souviens bien d'elle. »

Il marqua une pause, perdu dans ses songes. Puis il regarda de nouveau Lizzie.

« Savez-vous qu'elle a maté, à elle seule,

l'un de ces brigands qui poursuivaient les esclaves ?

— Vraiment ?! » s'écria Indy.

Cette mystérieuse Harriet lui plaisait de plus en plus. Ce petit bout de femme devait avoir un sacré cran !

Le vénérable quaker se mit à rire. D'un rire usé, grinçant comme une porte rouillée.

« Harriet avait utilisé une grande poêle en fonte. Elle l'avait apportée de l'endroit où elle était servante. Quelque part en Caroline du Sud, si je me souviens bien. »

A l'évocation de cet événement mémorable, l'océan de rides qui couvrait le visage du vieillard se mit à onduler, au rythme de son rire silencieux.

« Elle a assommé le bonhomme avec une telle force qu'il est resté sonné pendant plusieurs heures, reprit-il. Et c'est ainsi qu'elle a réussi à s'échapper.

— J'aimerais bien qu'elle soit là aujourd'hui, interrompit Indy. Quelque chose me dit qu'elle ne serait pas de trop... »

Et il tourna la tête, avec anxiété, en direction du sommet de la petite colline qu'ils avaient dévalée quelques minutes plus tôt.

Une fois encore, ses craintes étaient justifiées : leurs poursuivants les avaient bel et bien retrouvés. Mieux que cela : ils entamaient à leur tour la descente qui menait jusqu'au fleuve... et à la ferme du vieux quaker.

Indy adressa un regard désespéré à Lizzie.

« Mon Dieu ! s'écria la jeune fille.

— Par saint Thomas d'Aquin ! renchérit l'universitaire.

— C'est la poisse, conclut Indy. Ils nous ont rattrapés ! »

Ils approchaient rapidement, et Indy ne tarda pas à reconnaître deux des quatre occupants de l'attelage. Leur visage était familier. Désagréablement familier.

L'un d'entre eux arborait une épaisse tignasse rousse, et l'autre une barbe brune hirsute. Indy ne les avait pas oubliés.

C'étaient les deux brutes qui avaient attaqué Lizzie. Beau et « Raspoutine ».

6

Tremblement de terre!

Indy regarda autour de lui et n'aperçut que champs et pâturages. Aucune autre maison ne se trouvait dans les environs. Lui et ses deux compagnons de route n'avaient nulle part où se cacher. Il fallait trouver une solution de rechange, et vite!

Se tournant vers le vieux quaker, il hurla :

«CES HOMMES SONT A NOTRE POURSUITE. POUVEZ-VOUS NOUS AIDER?

— Ma demeure est paisible, répondit l'homme. Je ne possède pas d'armes.»

Mais devant la mine déconfite de ses trois visiteurs, il entreprit toutefois de réfléchir quelques secondes, tout en remettant de l'ordre dans ses rides.

«J'ai peut-être une idée, finit-il par annoncer.

— Laquelle ? demanda Indy, qui voyait les ennemis approcher à vive allure.

— Eh bien, nos anciens voisins étaient au courant de nos activités secrètes. Ils savaient que nous aidions les esclaves à s'échapper vers le Nord. Alors, ils observaient notre maison, dans l'espoir d'en capturer quelques-uns. »

Il eut un petit sourire malin.

« C'est pourquoi il nous a fallu aménager une issue de secours à l'abri des regards. »

Avec une agilité surprenante, il se leva d'un bond et prit le docteur Walton et Lizzie par le bras.

« Venez ! »

Il les entraîna vers la maison, et les fit pénétrer dans le petit salon. C'était une pièce douillette aux murs lambrissés, dotée d'une énorme cheminée.

Le vieil homme s'approcha de l'un des panneaux de bois.

« C'est ici », annonça-t-il en appuyant sur l'un des coins.

Mais rien ne se passa.

« C'est coincé ! » observa-t-il avec dépit.

Puis il se tourna vers Indy.

« Mon fils, à toi de jouer : pousse un grand coup ! »

Indiana plaça la main à l'endroit où le vieux quaker avait appuyé. Mais le panneau refusa obstinément de bouger.

« Essaie avec ton épaule, insista le vieillard.

— S'il te plaît, Indy, vas-y!» implora Lizzie d'une voix paniquée.

Cette prière donna des ailes à Indy. Se jetant de toutes ses forces contre le panneau de bois, il poussa avec l'énergie d'un géant. Soudain, il y eut un craquement sinistre, et le panneau céda. Emporté par son élan, Indy faillit dégringoler dans un escalier qui s'enfonçait dans les ténèbres.

«Notre bon vieux tunnel! lança fièrement le quaker, soudain déridé. Je l'ai creusé de mes propres mains.»

Il s'avança jusqu'à la cheminée et revint avec trois bougies.

«Il vous mènera jusqu'au hangar à bateaux, au bord du fleuve. J'y entrepose encore une barque, pour aller à la pêche. Vous n'aurez qu'à remonter le fleuve à la rame, jusqu'...

— Jusqu'à la propriété des Gillis, sur la rive du Maryland, interrompit le docteur Walton. Je connais la route.»

Le brave quaker hocha la tête. Puis il poursuivit d'un ton grave :

«Soyez prudents dans le tunnel! Personne ne l'a utilisé depuis près de cinquante ans.

— N'ayez crainte, mon bon, assura Zachary Walton. Nous ne sommes pas tombés de la dernière pluie.»

Au moment où Lizzie et l'historien s'engageaient les premiers dans l'obscur boyau, des hennissements et des claquements de sabots se firent entendre à l'extérieur.

Beau, « Raspoutine » et leurs sbires venaient d'arriver.

« Il y a quelqu'un ? rugit une voix.

— A ton tour, maintenant, chuchota le vieil homme à l'intention d'Indy. Mais n'oublie pas de me donner un coup de main pour refermer le panneau. »

Indy s'exécuta, et le panneau de bois reprit sa place originelle. Malheureusement, sa bougie s'éteignit dans la manœuvre.

« Et mince ! marmonna-t-il. Quelle guigne ! Lizzie ? docteur Walton ? » appela-t-il.

Mais ils devaient déjà se trouver loin devant. Il ne restait plus qu'une solution à Indy : chercher son chemin à tâtons dans l'obscurité totale, et descendre une à une les marches de pierre aux contours imprécis.

Les trois premières ne lui posèrent pas trop de difficultés. Il avait visité assez de galeries et de conduits souterrains pour avoir le pied ferme.

Mais il se révéla que la quatrième marche ne se trouvait pas à l'endroit où il l'espérait... et Indiana dévala le reste de l'escalier sur le derrière.

« C'est *vraiment* un délice ! grogna-t-il après avoir atterri sur de la terre humide. Il ne manquerait plus que des serpents, et ce serait le bouquet ! »

Le jeune garçon se releva en prenant garde à ne pas glisser de nouveau. Au bout du tunnel, il aperçut alors une vague lueur. D'un pas hésitant, il progressa lentement, pied à pied, mètre par mètre.

Des gouttes d'humidité se détachaient une à une du plafond et venaient clapoter dans une flaque. Indy aurait payé cher pour savoir où elle se trouvait. Avec sa veine habituelle, il allait mettre le pied en plein dedans à coup sûr...

Mais le pire, c'est que dans la pénombre, il donnait libre cours à son imagination débordante. Il ne pouvait s'empêcher de sentir toutes sortes de bestioles plus répugnantes les unes que les autres effleurer ses bras, le bas de ses jambes, s'insinuer sous son chapeau, dans ses chaussettes...

Soudain, il poussa un juron furieux. Il venait de poser le pied dans une mare de boue. La flaque! Les gouttes d'eau qui tombaient avec une lancinante régularité depuis cinquante ans atterrissaient maintenant sur son chapeau de feutre.

Tap-tap-tap! entendit-il au sommet de son crâne.

Il fit un pas en avant en pestant contre les quakers, les esclavagistes, les historiens et les universitaires de la terre entière. Mais il distingua bientôt deux silhouettes dans la pénombre, Lizzie et le docteur Walton. Enfin!

En entendant Indy crier, ces derniers avaient rebroussé chemin pour lui venir en aide.

« Tout va bien, mon garçon? demanda Walton.

— C'est le paradis sous terre! » répondit Indiana en s'ébrouant.

Lizzie fit la moue. Elle aussi commençait à regretter de s'être lancée dans cette aventure. Pourquoi? Pour qui? Seule survivante de la famille Ravenall, elle n'arriverait sans doute jamais à faire valoir ses droits.

Mais elle n'était pas femme à baisser les bras, et au moins aurait-elle tenté l'impossible pour restaurer l'honneur bafoué de ses ancêtres.

« Avançons! gémit le docteur Walton. Je ne me sens pas très en sécurité dans ce tunnel.

— Ah! Vous non plus? » commenta Indy d'une voix flûtée.

Soudain, comme pour leur donner raison à tous les deux, le sol se mit à trembler, et un gros morceau de boue vint atterrir sur le crâne du docteur Walton.

Si la situation n'avait pas été si grave, Indy aurait éclaté de rire. Mais l'heure n'était pas aux réjouissances, et si comique que fût le visage dégoulinant de l'historien, mieux valait décamper au plus vite.

Sans se faire prier, le docteur Walton donna sa bougie à Indy qui prit la tête du petit groupe.

« Suivez-moi ! J'ouvre la marche », annonça-t-il d'une voix déterminée.

Les trois fugitifs progressèrent avec prudence entre les parois suintantes. Chacun marchait sur la pointe des pieds, de peur de provoquer un nouveau tremblement.

Mais en dépit de ces précautions, les parois du souterrain se mirent de nouveau à vibrer, et un nuage de poussière vint souffler la bougie de Lizzie.

« On dirait bien que nous allons casser la baraque », fit Indiana, un sourire crispé aux lèvres.

Puis il tendit l'oreille. En effet, au bruit des vibrations était venu s'ajouter un claquement familier : celui des mâchoires du docteur Walton.

« Pas de panique ! s'écria alors Indy. Je crois que j'aperçois le bout du tunnel. »

A quelques mètres de là, en effet, il venait d'entrevoir une lueur prometteuse : l'entrée d'une pièce voûtée, dont les parois avaient été renforcées à l'aide de grosses pierres. Les trois fugitifs se précipitèrent à l'intérieur.

A ce moment, un grondement sourd se fit entendre, comme si une coulée de boue s'apprêtait à déferler sur eux. Le vacarme devint de plus en plus assourdissant.

« Tous à plat ventre ! » hurla Indy.

Mais il était trop tard. Une partie du tunnel s'effondra d'un bloc, projetant au sol le docteur Walton. Indy eut tout juste le temps de se précipiter sur Lizzie et de la serrer dans ses bras pour la protéger.

Un nuage de poussière envahit la pièce et tous trois se mirent à tousser bruyamment. Ce mini-tremblement de terre ne dura que quelques secondes, mais il leur parut durer une éternité.

Lorsque l'air s'éclaircit de nouveau, Indy se rendit compte que l'éboulement avait condamné l'entrée de la pièce dans laquelle ils se trouvaient maintenant. Pas moyen d'en sortir. Et le docteur Walton en vint à la même conclusion :

« Nous sommes faits comme des rats ! » gémit-il, avant de se remettre à claquer des dents.

Lizzie enfouit sa tête dans les bras d'Indy, prise de panique. Mais le jeune garçon conserva tout son calme.

Il n'y avait en effet aucune raison de s'affoler. Du moins, selon lui.

7

Une périlleuse traversée

« Aucune raison de s'affoler ?! » répétèrent en chœur Lizzie et le docteur Walton.

Indy était-il donc tombé sur la tête ? Un piège fatal venait de se refermer sur eux, ils ne reverraient sans doute jamais la lumière du jour, et le jeune garçon semblait s'en soucier comme d'une guigne.

« L'avantage de cet incident, commenta encore Indy avec un optimisme surprenant, c'est que nos poursuivants ne risquent plus de nous rattraper ! »

Sa remarque se heurta à un mur de silence.

« Hum... voyons voir... », marmonna-t-il en adoptant un air sérieux.

Il promena sa bougie le long de chacune des parois, prenant garde de ne laisser aucune zone d'ombre. Puis il se tourna vers ses deux compagnons de geôle et claqua des doigts d'un air vainqueur.

« Gagné ! J'ai trouvé la sortie. »

Juste devant lui, on pouvait en effet distinguer un filet de lumière qui s'insinuait entre deux rangées de pierres, mieux alignées que les autres.

« C'est incroyable ! » s'exclama le docteur Walton.

Poussant un cri de joie, Lizzie sauta au cou du jeune garçon qui venait de la sauver pour la deuxième fois.

« Oh ! C'était un jeu d'enfant, répondit modestement Indy en rajustant son chapeau de feutre. Après l'éboulement, j'ai senti un petit courant d'air. Il y avait donc fort à parier qu'une ouverture se trouvait quelque part. Il suffisait de la repérer. »

Lizzie parut très impressionnée par les capacités déductives d'Indiana. Les avait-il héritées de son père, le professeur Jones ?

Sous les encouragements de la jeune fille, Indy et l'historien se mirent à pousser de toutes leurs forces à l'endroit où perçait la lumière.

Bientôt, le mur s'ébranla...

Et en moins de temps qu'il n'en faut pour le dire, les trois prisonniers se retrouvèrent à l'air libre, dans le hangar à bateaux.

« Bien joué, mon garçon ! » concéda le docteur Walton, couvert de boue de la tête aux pieds.

Lizzie poussa quant à elle un cri d'effroi en apercevant sa robe.

« Espérons que nous finirons par mettre la main sur le trésor de mes ancêtres, car je n'ai plus d'argent pour me racheter des vêtements neufs », soupira-t-elle.

Mais Indy avait bien d'autres préoccupations en tête. Après avoir jeté un coup d'œil à l'extérieur et constaté que rien n'avait bougé, il se mit à contempler le hangar devant eux, et ce qu'il voyait ne lui souriait guère. En effet, le fameux bateau dont leur avait parlé leur hôte n'était qu'une vieille barque en état de décomposition avancée...

« J'espère que cette embarcation est plus solide que le tunnel, lança le jeune garçon. Mais j'en doute...

— Nous n'avons pas le choix », commenta le docteur Walton de façon pertinente.

Tous trois entreprirent alors de soulever le frêle esquif avec précaution, de peur qu'il ne tombe en poussière avant même d'entrer en contact avec l'eau.

Heureusement, des arbres bienvenus les dissimulaient aux regards indésirables, et ils ne furent pas longs à atteindre le Potomac.

Mais avant de sauter dans la barque, Indy se retourna et regarda une dernière fois en direction de la ferme. Beau et ses amis s'y trouvaient-ils toujours ? Le vieux quaker avait-il tenu sa langue sous la menace ? Ces

questions ne manquaient pas d'intérêt, mais mieux valait prendre la poudre d'escampette que de chercher à y répondre.

Indy s'assura d'abord que la barque était bien étanche, puis il fit signe à Lizzie et au docteur Walton de monter à bord.

Quand tout le monde eut pris place, il se mit à ramer, et l'embarcation glissa sur l'eau sans faire de bruit. Dans le lointain, on pouvait entendre des voix étouffées. A l'évidence, les malfrats passaient la ferme et ses environs au peigne fin.

Soudain, des vociférations déchaînées parvinrent aux oreilles des fugitifs.

«JE NE VOUS DEMANDE PAS SI VOUS AVEZ UN ANE!!! JE VOUS DEMANDE SI VOUS CACHEZ DES ARMES!!!»

Indy eut un sourire attendri : le vieux quaker n'était pas aussi fou qu'il en avait l'air...

Mais le jeune garçon ne tarda pas à rire jaune. En effet, alors qu'ils se trouvaient au beau milieu du fleuve, un craquement se fit entendre à l'une des extrémités de l'embarcation, bientôt suivi d'un gargouillis inquiétant.

Le docteur Walton chaussa son monocle pour inspecter les lieux.

«La barque prend l'eau! s'exclama Lizzie.

— Au secours, je ne sais pas nager!» hurla l'historien tout en replaçant précipitamment le cercle de verre dans sa poche.

La moustache en perdition, il se mit à mouliner des bras tel un sémaphore.

Fidèle à lui-même, Indy garda son calme.

« Pas de panique, nous sommes presque arrivés. Docteur Walton, pressez votre veston contre la fissure et appuyez fort. Cela devrait ralentir la prise d'eau.

— M... m... mon... v... veston ? balbutia le docteur Walton en claquant des dents.

— Lizzie ! Ecopez avec votre chapeau », ordonna encore Indy.

Et il se mit à ramer de plus belle.

Mais malgré les efforts valeureux de Zachary Walton et de Lizzie, le niveau de l'eau continuait de monter à l'intérieur de la barque. La rive du Maryland, avec ses alignements de chênes-lièges et ses herbages prometteurs, se rapprochait de plus en plus. Y parviendraient-ils à temps ?

« Est-ce... q... q... que... n... nous allons ar... river bientôt ? demanda Walton.

— Si vous préférez, vous pouvez ramer à ma place ! » répondit Indy, exaspéré par l'attitude de cet encombrant passager.

Le jeune garçon suait maintenant à grosses gouttes, tant il se démenait avec les rames. Et bien sûr, à mesure que la barque s'emplissait d'eau, elle devenait de plus en plus lourde à manœuvrer.

« Je suis certaine qu'Indy va nous mener à bon port », lança alors Lizzie, accompagnant cette prédiction rassurante d'un large sourire.

Il n'en fallut pas plus au courageux rameur pour redoubler d'énergie, et quelques minutes plus tard, le rafiot touchait terre.

Avec une habileté sans défaut, Indy parvint à zigzaguer entre les hauts-fonds et à piloter la barque jusqu'à la berge. Il mit pied à terre le premier, puis attrapa Lizzie par la taille et la déposa en douceur sur le sol.

Cet ultime effort lui fut fatal. La combinaison de la fatigue, de la faim qui commençait à le tenailler et du parfum entêtant de la jeune fille avait eu raison de lui, et il s'écroula sur le sol. Lizzie et le docteur Walton ne tardèrent pas à l'imiter. Tous trois ruisselaient, et ils prirent quelques minutes pour se réchauffer au soleil.

Il était presque midi. Mais il n'était pas question de se restaurer : le pique-nique était resté de l'autre côté du fleuve, dans la carriole... Pour les trois fugitifs, l'après-midi risquait d'être longue !

Après avoir soigneusement dissimulé la barque afin qu'elle ne soit pas volée, ils se remirent en route.

« Nous allons devoir faire plusieurs dizaines de kilomètres à pied, commenta Zachary Walton, dont le complet-veston fripé avait rétréci de moitié.

— Oui, dommage que nous n'ayons pas pu transporter les chevaux avec nous », renchérit Indy.

Par chance, il ne s'écoula pas longtemps avant qu'un attelage ne les rejoigne.

Indy supplia le cocher de les prendre avec lui. Au moins pourraient-ils se reposer après cette traversée mouvementée. La carriole n'avançait pas bien vite, mais ils finiraient bien par arriver à la ferme Gillis.

De fait, une bâtisse à deux étages fit bientôt son apparition à l'horizon, perdue au milieu de la prairie. Elle avait été construite dans le style des maisons de plantation *ante bellum*, c'est-à-dire antérieures à la guerre de Sécession. Il en émanait un charme tranquille, souvenir d'un passé glorieux.

Mais les trois voyageurs ne tarderaient pas à s'en apercevoir, ce n'était là qu'une apparence...

« Je me souviens bien de Harriet Robinson, déclara son propriétaire », au grand soulagement de Lizzie.

L'homme en question avait le teint couleur pain d'épice, tanné par de longues heures passées au soleil. Et de ses petits yeux bleus bien enfoncés dans leurs orbites, il dévisageait les nouveaux arrivants avec curiosité.

« Vous venez de Washington ? Bigre ! Vous avez rencontré le Président ? »

Le docteur Walton était d'humeur maussade et sa patience avait été mise à rude épreuve.

« Savez-vous où Harriet se trouve, aujourd'hui ? » aboya-t-il pour toute réponse.

Chester Gillis hocha la tête.

« Pour sûr, mais vous prendrez bien un petit verre avec moi. La route est longue jusqu'à Christiana.

— Christiana ? s'étonna Lizzie.

— C'est en Pennsylvanie. Un petit coup de bourbon, rien de tel pour vous redonner des forces. Dites-moi, vous avez vu le Président, à Washington ? »

Walton fronça les sourcils. Mais avant qu'il n'explose de colère, Indy le tira par la manche.

« D'accord pour un verre de bourbon, répondit-il sous les yeux horrifiés de Walton. Mais racontez-nous d'abord votre histoire, monsieur Gillis.

— Eh bien... si je me souviens bien, c'est moi qui lui ai suggéré d'aller à Christiana. Un groupe d'esclaves libérés s'y était installé. Je ne sais pas s'ils avaient obtenu la permission du Président, cependant... »

Il n'eut pas le loisir de se le demander plus longtemps. En effet, Indy venait de lever le bras pour le faire taire.

« Tu as entendu quelque chose, mon garçon ? » demanda le docteur Walton.

Quatre paires d'oreilles se mirent à écouter attentivement.

Quelques instants plus tard, dans un nuage de poussière, un attelage émergea à l'horizon.

« Oh, regardez ! Vous croyez que c'est le Président ?

— J'en doute », répliqua Indy.

Il attrapa Lizzie et l'entraîna vers le bâtiment.

« Docteur Walton, monsieur Gillis, lança-t-il, essayez de leur barrer la route ! »

Indy doutait des capacités de Walton en la matière, mais il devait à tout prix protéger Lizzie. Le bon docteur parvint tout de même à fermer la barrière de la propriété avec l'aide du fermier. Cet obstacle imprévu obligea le conducteur de l'attelage à freiner brusquement. La carriole vacilla alors dangereusement, mais à la grande déception des fugitifs, l'accident n'eut pas lieu.

Indy et Lizzie eurent juste le temps d'apercevoir deux silhouettes massives sauter à terre et franchir la barrière sans aucune difficulté. Les deux « visiteurs » à la carrure de boxeurs s'étaient déjà lancés à leur poursuite !

« Chester ! appela alors une voix féminine à l'intérieur de la maison. Qu'est-ce que c'est que ce vacarme ? »

Indy et Lizzie pénétrèrent en coup de vent dans le hall d'entrée. Apercevant un placard, ils se glissèrent tous deux à l'intérieur et refermèrent vivement la porte. Mais déjà, des pas menaçants martelaient le sol du hall d'entrée.

Lizzie se serra tout contre Indy. Le doux contact de ses cheveux fit frissonner le jeune garçon.

« Où ont-ils bien pu se cacher, cette fois, Beau ? rugit l'un des malfrats.

— Mon Dieu ! chuchota Indy. C'est Raspoutine !

— Raspou... qui ?

— Je l'ai appelé comme ça parce qu'il ressemble à ce type qui a envoûté à moitié le tsar russe...

— Le tsar russe ?!

— Chut ! »

Les pas semblaient s'éloigner. Indy n'aurait su dire s'il fallait s'en réjouir ou non. Peut-être n'auraient-ils pas dû se cacher dans le placard. Ils n'avaient nul autre endroit où aller, maintenant. Valait-il mieux ouvrir la porte et jeter un coup d'œil à l'extérieur ?

Sûrement pas. Tous deux se retrouveraient alors à la merci de leurs poursuivants. Et le docteur Walton ? Que lui était-il arrivé ? Indy se demanda dans quel état il se trouvait.

L'historien devait passer un mauvais quart d'heure, dehors. Soudain, la voix féminine se fit de nouveau entendre.

« Vous vous croyez où, espèces de ruffians ? »

Plusieurs détonations retentirent, faisant trembler les parois du placard.

Dans le noir, Lizzie poussa un petit cri et ses ongles s'enfoncèrent dans la chair d'Indy.

« Que se passe-t-il ? » murmura-t-elle.

Indy n'aurait pu lui répondre. Mais à en juger par les sons qu'il discernait au dehors, l'attelage de leurs poursuivants s'éloignait. Au triple galop !

Le jeune garçon ouvrit prudemment la porte du placard et s'avança dans le hall. Mais un « clic ! » de mauvais augure parvint à ses oreilles. Tournant lentement la tête, il se trouva nez à nez avec une femme qui brandissait un fusil avec autorité.

Cloué sur place par la stupeur, il entendit à peine ce qu'elle lui disait. Etait-il devenu sourd, lui aussi ? Elle dut se mettre à hurler pour susciter une réaction chez son prisonnier.

« Je vous ai demandé ce que vous faisiez chez moi, espèces de vauriens ! Si vous ne m'avez pas répondu dans trois secondes, je vous garantis que vous le regretterez ! »

8

Le docteur Walton a disparu !

« Martha ! Martha ! Que se passe-t-il ? »

Chester Gillis fit son entrée dans le hall, hébété, titubant comme un homme ivre.

« Oh, Chester ! J'ai eu si peur quand je t'ai vu par terre, avec ces tueurs qui te menaçaient...

— Grâce à Dieu, tu as retrouvé cette vieille pétoire, soupira M. Gillis. Tu les as fait déguerpir en vitesse. »

Il marqua un temps d'arrêt.

« Si le Président avait vu ça ! »

C'est alors qu'un noir pressentiment vint à Indy. Pourquoi Chester Gillis était-il seul ?

« Tu peux baisser ton arme, ma chérie, fit ce dernier en désignant du regard Indy et Lizzie. Ces deux-là ne font pas partie de la bande. Ils voulaient juste des renseignements sur Harriet Robinson. »

Il se tourna vers Indy.

« Vous devriez peut-être vous adresser au Président... »

Lizzie émergea à son tour du placard et regarda autour d'elle. Immédiatement, elle eut la même réaction qu'Indy.

« Où est passé le docteur Walton ?

— Eh bien... répondit Gillis d'un ton embarrassé. Ces vauriens, ces brigands, ces... malotrus l'ont... »

Indy n'attendit pas que Chester finisse sa phrase. D'une main vigoureuse, il entraîna Lizzie vers l'extérieur et se mit à courir en direction d'un cheval qui broutait paisiblement dans la prairie.

D'un geste sûr et ferme, il installa la jeune fille sur la croupe du cheval, sans même prendre le temps de le seller, puis sauta à son tour sur l'animal. Et c'est à cru que le couple se lança au triple galop à la poursuite des ravisseurs.

« Chester ! Chester ! Ils ont volé Roosevelt, ton cheval préféré ! » se mit à hurler Mme Gillis, qui brandissait de nouveau son arme avec fureur.

Une détonation retentit derrière eux, mais ils étaient déjà loin. Fameux cavalier, Indy maniait en effet sa monture avec dextérité.

« Nous allons longer le fleuve, expliqua-t-il à Lizzie. Beau et sa bande ne connaissent pas bien la région et ils doivent craindre de se perdre s'ils coupent à travers champs. »

Les bras serrés autour de la taille de son compagnon, la jeune fille n'avait plus qu'un souci :

« Il faut absolument que nous retrouvions le docteur Walton, gémit-elle, la voix entrecoupée par les sanglots. C'est moi qui l'ai entraîné dans cette aventure.

— Ne vous en faites pas, la rassura Indiana. Même avec deux cavaliers sur le dos, Roosevelt va plus vite que l'attelage de Beau et de "Raspoutine". Nous les aurons vite rattrapés. »

Comment Indiana pouvait-il être si sûr de lui en pareille circonstance ? se demanda Lizzie. Mais elle avait d'autres chats à fouetter, à commencer par sa monture. De ses talons, elle aiguillonna donc les flancs du dénommé Roosevelt, qui se mit à hennir avec fureur.

S'il n'avait tenu qu'à lui, ces deux indésirables auraient fini dans le Potomac !

Mais il s'avéra que les tourments de Roosevelt allaient cesser plus vite que prévu. En effet, au détour d'un bosquet, deux faciès bien connus firent leur apparition, ceux de Beau et de « Raspoutine ».

Avec un sourire carnassier, le géant roux brandit un long fouet. En l'apercevant, le cheval prit peur et s'arrêta net, projetant au sol ses deux passagers.

Tout s'était passé très vite, et Indy n'avait pas eu le temps de comprendre ce qui leur arrivait. Deux secondes plus tard, quatre brutes au regard mauvais les encerclaient.

« Ha ! Ha ! Ha ! s'esclaffa le grand roux. Tel est pris qui croyait prendre, on dirait...

— Indy ! Lizzie ! Venez à mon secours ! » bêla alors une voix bien connue.

Ligoté à un tronc, le malheureux docteur Walton tremblait comme une feuille. Indy fit mine de s'avancer.

« Ha ! Ha ! Ha ! Pas si vite, mon gaillard, lança Beau. Nous avons d'abord une petite affaire à régler, *miss* Lizzie et moi. »

Il s'approcha alors de la jeune fille et se pencha sur elle, lui soufflant sans ménagement son haleine avinée dans les narines. Elle fit une grimace de dégoût et eut un mouvement de recul. Beau ricana et se rapprocha encore davantage.

« Mon employeur s'intéresse à certain... livre qui vous appartient, *miss* Lizzie.

— Vous voulez parler de Gideon, le fils de Harlan Clegg, l'ancien régisseur de notre plantation ?

— Lui-même, en personne, répondit Beau avec un sourire narquois.

— Eh bien ! je ne l'ai pas, ce livre, cracha Lizzie, la mine méprisante. Je l'ai laissé en lieu sûr. Il ne mettra jamais la main dessus ! »

Le ton agressif de Lizzie masquait mal sa peur. Le cœur serré, Indy s'en voulait de ne rien pouvoir faire pour elle, mais impossible de lever le petit doigt. Avec la meilleure volonté du monde, il n'aurait pu rivaliser avec ces quatre athlètes. Même pour les beaux yeux de Lizzie Ravenall.

Néanmoins, s'il attendait le moment propice, il parviendrait peut-être à sauver la situation à l'aide d'une ruse de son invention...

« Qu'est-ce qu'on fait, Beau ? demanda "Raspoutine".

— Eh bien, nous allons gentiment faire comprendre à *miss* Lizzie qu'elle aurait intérêt à changer d'attitude », suggéra le géant roux en faisant claquer son fouet.

« Raspoutine » secoua la tête.

« Je n'ai jamais frappé de femme... je ne sais pas...

— Oh ! nous n'avons pas besoin de faire souffrir *miss* Lizzie en personne, nous sommes bien trop galants. Nous disposons de ses deux amis : je suis sûr que si nous leur menons la vie suffisamment dure, elle finira par nous raconter plein de choses intéressantes. Alors, messieurs, qui se dévoue pour passer en premier ? »

Le docteur Walton se mit à se tortiller comme un ver.

« Laissez-moi partir, je vous en supplie. Si vous me libérez, je vous enverrai une collection complète de tous mes ouvrages historiques... »

Beau fit la moue.

« Dédicacés..., ajouta le docteur Walton.

— Qu'est-ce qu'il dit ? » grogna « Raspoutine ».

Mais Beau ne semblait pas intéressé par cette offre, pour tentante qu'elle fût. Il regardait Indy, et l'expression que le jeune garçon lisait dans les yeux de l'homme au fouet ne lui disait rien qui vaille.

« Celui-là est trop vieux pour tenir le choc. Je préfère commencer par le gamin yankee. D'ailleurs, j'ai bien l'impression que *miss* Lizzie a un petit faible pour lui.

« Je ne vous permets pas... », s'insurgea la belle du Sud.

Mais elle fut interrompue par un nouveau claquement du fouet. La lanière de cuir était passée à quelques centimètres seulement du visage d'Indy.

« Vous voulez une démonstration plus... convaincante ? demanda Beau. Fort bien, je suis bon prince. Regardez plutôt ! »

D'un coup de poignet énergique, il actionna le fouet et arracha son chapeau à Indy.

« Arrêtez ! Arrêtez ! hurla Lizzie.

— Je voudrais bien, mais je n'ai pas encore

obtenu ce que je désire..., répondit Beau. Enfin, cela ne saurait tarder, j'ai bon espoir. »

Cette fois, le fouet effleura le menton d'Indiana.

Ce dernier sentit un filet de sueur froide lui couler dans le dos. Mais il avait beau retourner la situation dans tous les sens, il n'y avait pas moyen de la renverser. A moins que...

« Je vais finir par faire un faux mouvement, *miss* Lizzie, reprit Beau. Je commence à me fatiguer, vous savez... Mon bras n'est plus aussi précis, je le sens.

— D'accord, je vais parler! s'écria Lizzie. Je vais vous dire où se trouve le livre auquel vous tenez tant. »

En entendant ces paroles, Beau s'arrêta dans son élan, ce qui eut pour effet de ralentir le mouvement du fouet. La lanière de cuir resta un fragment de seconde en suspension devant le visage d'Indy. C'était le moment qu'il attendait.

Vif comme l'éclair, il s'empara du bout de la lanière et tira un grand coup. Le manche du fouet échappa à Beau et partit en direction d'Indy, qui parvint à le saisir au vol.

Beau et ses trois acolytes reculèrent de trois pas.

« Halte là! Ne bougez pas d'un pouce! ordonna Indy. Je suis peut-être un Yankee, mais j'ai vécu dans l'Ouest et je sais manier

le fouet. Alors, couchez-vous tous à plat ventre!»

Beau fit un pas vers Indy, tout sucre, tout miel.

«Ecoute, fiston, nous voulions seulement plaisanter. Nous n'avions pas l'intention de...»

Mais la lanière de cuir siffla dans l'air et, aussitôt, les quatre hommes s'exécutèrent. Toutefois, l'un d'entre eux voulut attraper son revolver dans la manœuvre. Bien mal lui en prit, car le fouet s'abattit sur lui et creusa une entaille sanglante dans sa main droite.

«Le prochain qui veut faire le malin recevra le même traitement, menaça Indy. Mais je viserai la joue...»

Il marqua un temps d'arrêt.

«Comment? Il n'y a pas d'amateurs de balafres parmi vous? C'est pourtant très décoratif, je vous assure.»

Puis il se tourna vers Lizzie.

«Emparez-vous de leurs armes, ils n'en ont plus besoin.»

Sitôt dit, sitôt fait. La jeune fille n'était que trop heureuse de rendre la monnaie de leur pièce aux hommes de main de Gideon Clegg.

«Et si nous les ligotions avec la corde qu'ils ont utilisée pour attacher le malheureux docteur Walton? suggéra-t-elle ensuite.

— Quelle bonne idée!» s'exclama Indy.

Cinq minutes plus tard, l'historien était libéré, les quatre malfrats immobilisés et désarmés. Restait un problème à résoudre.

« Je ne suis jamais monté sur un cheval », gémit Zachary Walton.

Lizzie se tourna vers Indy.

« Il n'a qu'à monter avec toi sur Roosevelt. Moi, je vais détacher l'un des chevaux de l'attelage. »

La grimace qui contracta le visage d'Indy en disait long sur son état d'esprit. Entre les bras de Lizzie et ceux du docteur Walton, il perdait vraiment au change. Beaucoup trop, à son goût.

Mais il se résigna à ce coup du sort et aida tant bien que mal le docteur Walton à s'asseoir sur la croupe du malheureux équidé. Une fois en selle, l'universitaire se dressa droit comme un i.

« Mon cher Roosevelt, déclama-t-il en chaussant son monocle, tu portes le nom d'un valeureux président des Etats-Unis, et je suis sûr que tu sauras te montrer digne de cet honneur. »

En guise de réponse, le cheval effectua une ruade qui expédia vite fait, bien fait, le docteur Walton dans un fourré voisin. Indy flatta affectueusement la croupe du dénommé Roosevelt.

« Bien joué, président ! » murmura-t-il en pouffant.

9

En route pour Boston

Durant les jours qui suivirent, le trio parcourut dans une diligence d'occasion la longue route qui devait les mener vers Christiana, en Pennsylvanie, et vers... le trésor.

Indy ouvrait l'œil, et le bon. Dès qu'un attelage suspect semblait suivre le même chemin qu'eux, il l'observait attentivement. Dès qu'un cabaretier curieux se mettait à poser des questions trop précises, il entraînait ses compagnons vers une autre échoppe.

Le docteur Walton pansait ses blessures et prenait des notes pour son chef-d'œuvre. Lizzie découvrait avec émerveillement les attraits du Nord des Etats-Unis, elle qui n'avait jamais quitté sa Caroline du Sud natale.

Enfin, au cinquième jour de route, les voyageurs parvinrent à Christiana. C'était l'époque de la fête foraine et les rues de cette petite bourgade grouillaient d'une foule avide.

On se bousculait pour admirer les baraques aux vives couleurs, on se pressait pour frémir au spectacle de la femme à barbe ou de l'homme-serpent.

Evidemment, ce genre d'attraction n'était pas du goût de tout le monde...

« Naître dans une peau de serpent, fit Indiana en frissonnant, quelle malédiction ! »

Au stand de tir, le docteur Walton voulut tenter sa chance et manqua tuer le forain. Au chamboule-tout, c'est Lizzie qui remporta le gros lot, une pendulette en or, sous les applaudissements d'un public masculin en délire.

Mais Indy n'avait d'yeux que pour les barbes, nombreuses dans l'assemblée. Et pas seulement celle de la pauvre femme qu'on exhibait sans pitié, mais toutes sortes de barbes : blondes, rousses, poivre et sel, et bien sûr... noires.

Il crut d'ailleurs apercevoir le système pileux tant redouté devant le stand d'une marchande de barbe à papa. Lizzie, qui l'observait du coin de l'œil, comprit que quelque chose n'était pas normal.

« Indy ! Qu'est-ce qui ne va pas ?

— Je crois que j'ai vu l'acolyte de Beau, “Raspoutine”. »

L'héritière des Ravenall haussa les épaules.

« Impossible ! Nous l'avons laissé ligoté avec ses sbires dans le Maryland. Comment aurait-il pu retrouver notre trace jusqu'ici ? »

Le docteur Walton se caressa la moustache avec application, en regardant sa montre.

« Hum... vous avez raison, chère mademoiselle. Ce serait stupéfiant. »

Indy serra les dents, mais n'en pensa pas moins. Mieux valait retrouver Harriet Robinson au plus vite, car ils ne seraient pas très longtemps en sécurité.

Heureusement, la chance leur sourit bientôt sous la forme d'un vieux maréchal-ferrant, visité à la demande expresse des chevaux, dont la longue marche avait usé les sabots.

Il s'avéra que le vénérable octogénaire avait justement remplacé les fers du cheval monté par Harriet Robinson lorsqu'elle s'était enfuie, près d'un demi-siècle auparavant.

« Une fille pleine de vigueur, et qui avait la tête sur les épaules. Je m'en souviens comme si c'était hier, raconta le vieillard. Elle s'était échappée de Caroline du Sud en assommant son maître avec une grosse poêle, hé, hé ! »

Le vieux maréchal-ferrant s'étrangla de rire. Depuis un bon quart d'heure, il s'acharnait sur les fers d'un cheval, mais sans succès. A l'évidence, il n'avait plus la vigueur de ses vingt ans.

« Combien de temps est-elle restée à Christiana ? demanda Lizzie, quelque peu déçue de n'avoir pas encore frappé à la bonne porte.

— Oh ! un mois ou deux. C'était une période sombre, très sombre, je m'en souviens comme si c'était hier. Les esclavagistes montaient du Sud pour rattraper les fugitifs. Alors, les malheureux ne pouvaient jamais rester longtemps au même endroit. »

Le docteur Walton secoua la tête.

« Mais vers où s'est-elle dirigée ensuite ?

— Oh ! je m'en souviens comme si c'était hier », répondit l'octogénaire d'un air absent.

Quelques secondes de silence pesant s'écoulèrent. Indy et Lizzie échangèrent un regard. Quel était le problème ? Pourquoi le maréchal-ferrant ne leur répondait-il pas ?

Puis le vieillard fronça les sourcils.

« Quelle était votre question, déjà ? »

Il fallut aux trois limiers beaucoup de ténacité pour finir par apprendre qu'Harriet Robinson avait pris la route de Boston, dans le Massachusetts.

« Boston ?! s'exclama le docteur Walton. Mais oui, bien sûr ! C'était la Mecque des anti-esclavagistes, le repaire des libéraux aux idées avancées. Et pas moins de cinq souterrains y étaient reliés, partant dans toutes les directions. »

Le visage de Lizzie se décomposa.

« Mais comment allons-nous retrouver la trace de Harriet ? Boston est une ville immense ! »

Le docteur Walton lui adressa un clin d'œil derrière son monocle.

« Je connais peut-être quelqu'un qui pourrait nous renseigner... »

La personne en question n'était autre que Garrick Lloyd, un leader historique du mouvement anti esclavagiste. Il vivait dans un petit appartement encombré de meubles, de tableaux et de vieux manuscrits. Aux murs ternis par les années étaient accrochées des toiles de maîtres craquelées.

Et du plafond pendaient d'autres toiles.

D'araignées, celles-là.

Assis dans un fauteuil bien rembourré, une couverture sur les genoux, Lloyd ressemblait à une momie égyptienne, comme Indy en avait tant vu en compagnie de son père. La peau jaunie de cette figure du passé avait tout d'un parchemin.

La vérité allait-elle enfin sortir de la bouche de cet oracle emmitouflé ? La quête des trois mousquetaires à la recherche de leur d'Artagnan, Harriet Robinson, était-elle enfin parvenue à son terme ?

Sans pouvoir vraiment se l'expliquer, Lizzie en était convaincue. Un parfum d'autrefois flottait dans l'atmosphère défraîchie de cette caverne d'Ali Baba dont le docteur Walton contemplait les trésors bouche bée. Il aurait volontiers passé plusieurs semaines dans ce sanctuaire fascinant.

Pendant une heure entière, Garrick Lloyd évoqua ses souvenirs de la guerre de Sécession en un long monologue que personne n'eut le cœur d'interrompre. Le trésor pouvait bien attendre encore quelques minutes.

Dans ce récit riche en péripéties, ce n'étaient que batailles, poursuites, décisions d'importance nationale, cas de conscience, mais surtout courage face à l'injustice des hommes envers d'autres hommes. Et en particulier celui d'une femme pas comme les autres.

Le visage flétri de Garrick Lloyd s'éclaira d'un sourire lorsqu'il prononça son nom.

« Harriet Robinson ? C'est Ezekiel Porter qui me l'a présentée. Je crois que c'était en 1858. Oui, je l'ai bien connue. Elle a beaucoup souffert. »

Lizzie poussa un soupir de soulagement. Elle en avait la conviction, cette fois ils tenaient la piste qui les mènerait tout droit jusqu'à Harriet, la jeune esclave noire d'Ashley Ravenall.

« Mais savez-vous si elle est toujours vivante ? Et où elle se trouve ? » demanda-t-elle.

Le vieux Garrick hocha la tête.

« Si elle est toujours vivante ? Ma chère enfant, j'ai encore reçu une lettre d'elle la semaine dernière... »

10

Le secret des Ravenall

« Vous connaissez bien Harriet Robinson ? » demanda Lizzie, éberluée.

Garrick hocha de nouveau la tête.

« Ma chère petite, Harriet est l'une des femmes les plus courageuses qu'il m'ait été donné de connaître. Cette combattante pour la liberté est devenue une légende. »

Les moustaches du docteur Walton se recourbèrent d'excitation.

« Mais Lloyd, comment se fait-il que je n'aie jamais entendu parler de cette légende ? demanda-t-il.

— Vous en avez entendu parler, répondit le vieil homme avec un petit sourire en coin. Harriet est partie pour Boston fin 1858. Mais elle n'y est pas restée très longtemps. Voyez-vous, elle a préféré remettre sa liberté en jeu pour retourner dans le Sud et aider d'autres esclaves à s'enfuir par le réseau souterrain.

— C'était une passeuse, de ceux qu'on appelait les " chefs de gare " ?

— Précisément, docteur Walton. Et l'une des meilleures. Elle a même épousé l'un des hommes qu'elle avait aidés à s'échapper : Julius Stoneman. »

En entendant cette révélation, Zachary Walton en perdit son monocle.

« C'est Harriet Stoneman ? Je n'en crois pas mes oreilles ! L'un des meilleurs "chefs de gare" du Tennessee et du Kentucky ? »

Au bord de l'apoplexie, il manqua s'étouffer. Après avoir repris son souffle, il rechaussa son monocle.

« Vous avez raison, c'est une véritable légende. Même dans les quelques mois qui ont précédé la guerre, alors que les tensions étaient à leur point culminant, elle a ouvert les portes de la liberté à des dizaines de fugitifs. »

Dans un bruissement de jupons, Lizzie se mit à danser d'un pied sur l'autre, soudain au comble de l'impatience. Indy ne l'avait pas vue dans cet état depuis le début de leurs recherches.

« Et vous échangez des lettres avec elle ? demanda-t-elle, la voix vibrante d'émotion.

— Oh oui, souvent, répondit Garrick. Harriet avait un maître exceptionnel — votre grand-père, si je ne me trompe ? Il lui a appris à lire et à écrire. »

Lizzie releva fièrement le menton.

« Oui, Grand-Père avait une personnalité hors du commun. Mais où habite Harriet, aujourd'hui ?

— Eh bien, après la guerre, poursuivit Garrick, elle a décidé de s'installer dans le Nord, à New York. Je vais vous donner son adresse.

— Bonne idée ! s'exclama le docteur Walton. Ecrivez-la-moi sur un morceau de papier. Ainsi, je ne risquerai pas de l'oublier. »

Indy observa l'ami de son père du coin de l'œil. Il trouvait son comportement bien étrange, depuis quelque temps. D'abord, Walton regardait sans arrêt sa montre. Et ensuite, il montrait un empressement excessif qui, à son âge, n'était guère recommandé.

Mais après mûre réflexion, Indy mit cette attitude sur le compte de l'impatience. Après tout, ils étaient partis depuis presque une semaine, et le temps devait sembler long à l'universitaire, habitué au confort douillet des amphithéâtres.

Lizzie insista tellement pour qu'ils se remettent en route sur-le-champ, que le docteur Walton fut bien contraint de s'incliner. Il aurait volontiers posé des questions au vieux Garrick, par exemple sur le journal qu'il dirigeait vers 1840, *La Voix de la liberté*, mais il lui faudrait attendre un peu avant de se lancer dans l'exploration de cette mine d'informations.

En sortant de Pennsylvania Station, l'une des plus grandes gares de New York, située en plein cœur de la ville, Lizzie resta clouée sur place, ouvrant de grands yeux émerveillés. Jamais elle n'avait vu d'immeubles si élevés. On aurait pu passer des heures à tenter d'en dénombrer les étages.

Jamais non plus elle n'avait rencontré pareille agitation, observé semblable tourbillon d'activités.

«Je me demande après quoi courent tous ces gens», s'étonna-t-elle.

Vaine question... Elle haussa les épaules et se décida enfin à bouger.

D'une main décidée, elle entraîna Indy au cœur de la foule et héla un taxi. Mais le docteur Walton était à la traîne, et les deux jeunes gens durent attendre cinq bonnes minutes assis dans le fiacre.

Dès qu'il aperçut l'attelage, le docteur Walton poussa un soupir de soulagement. Les bagages qu'il avait portés à bout de bras depuis la gare commençaient à lui peser.

Suant et soufflant, il prit place à bord du fiacre.

«Bleecker Street, cocher!» ordonna-t-il avec autorité.

Puis il se tourna vers ses compagnons de voyage.

« Si ma mémoire est bonne... ouf... c'est au sud de Manhattan, dans un quartier appelé Greenwich... ouf... Village. Autrefois, c'était un quartier où se concentraient surtout les Noirs. Mais de nos jours... ouf... avec l'afflux d'immigrants venus d'Europe, la population a évolué. C'est devenu principalement un fief italien. »

Le fiacre s'engagea sur Broadway, la longue avenue qui traverse Manhattan en diagonale. Au bout d'un moment, ils croisèrent une rue perpendiculaire et le docteur Walton se mit à frétiller d'aise.

« Quel dommage que ce bon Chester Gillis ne soit pas là ! s'exclama-t-il. C'est ici même, dans cette rue, qu'habite Theodore Roosevelt... Imaginez un peu dans quel état ça l'aurait mis ! »

Le fiacre traversa Union Square, et le docteur Walton donna de nouveau libre cours à sa verve historique.

« Observez ces splendides monuments, érigés en l'honneur de Washington, de Lincoln et de La Fayette ! Cette place constituait véritablement le centre aristocratique de New York dans les années qui ont précédé la guerre de Sécession. »

Visiblement, le vénérable historien était au septième ciel. Quant à Lizzie, le cou tendu, assise sur le rebord de son siège, elle comptait fiévreusement les rues jusqu'à Bleecker Street. 14e, 13e, 12e...

« Vous l'aurez sans doute remarqué, intervint encore Walton, toutes les rues sont numérotées. Ainsi, il est impossible de se perdre dans Manhattan. Astucieux, non ? »

Puis il se leva d'un bond, manquant s'assommer sur le toit du fiacre.

« Nous y voilà ! Bleecker Street ! »

Les chevaux dociles s'engagèrent dans une rue mal entretenue, aux immeubles en mauvais état. Tous les passants se retournaient pour observer cet étrange équipage.

« Ils ne doivent pas voir beaucoup de fiacres dans ce quartier », expliqua Walton.

Une fois dans le hall d'entrée de l'immeuble, ils découvrirent que Harriet Stoneman habitait au cinquième étage. Ce qui diminua sensiblement l'enthousiasme du docteur Walton, lequel se serait bien dispensé de cette ascension. Lizzie et Indy se regardèrent en pouffant de rire, mais fort charitablement, ils se saisirent des bagages de l'historien épuisé et commencèrent à grimper. L'escalier était mal éclairé, et la crasse suintait des murs.

« On dirait que cette couche de peinture date de la guerre de Sécession », commenta Indy d'un air dégoûté.

Mais Lizzie ne l'écoutait plus. Parvenue au sommet de l'immeuble, elle se dirigea tout droit vers le fond du couloir, comme guidée par quelque force surnaturelle. Le docteur Walton avait péniblement escaladé trois étages et s'était arrêté pour reprendre son souffle.

D'une main tremblante, Lizzie frappa à un panneau de bois. Quelques secondes plus tard, une femme noire, vêtue d'une robe de cotonnade blanche toute simple, ouvrit la porte. Elle avait les cheveux gris, le visage ridé et le dos voûté. Mais ses traits nobles et son port digne lui conféraient une élégance naturelle qui en imposait. Et il émanait d'elle une énergie surprenante pour une femme de cet âge.

Elle dévisagea ses visiteurs avec curiosité puis, d'une voix étonnamment puissante, elle les apostropha en ces termes :

« Eh bien ! qu'est-ce que c'est ? Vous faites partie de la ligue de la morale ? Non... Ah ! J'y suis ! Vous travaillez pour la commission au logement, et vous êtes venus examiner le plafond pour les infiltrations. »

Indy, décontenancé, ne savait que répondre. Mais Lizzie ne se démonta pas.

« Madame Stoneman ? demanda-t-elle poliment.

— Bien sûr. Qui voulez-vous que je sois ?

— J... je m... m'appelle Elizabeth Ravenall », balbutia Lizzie.

Le grand moment était arrivé. Celui qu'elle attendait depuis si longtemps. Enfin, elle parlait à Harriet, la jeune esclave qui avait su gagner la confiance de son grand-père. Et cette femme possédait peut-être la clé d'une fortune immense.

Harriet Stoneman observa la jeune fille de plus près.

« Ravenall ? répéta-t-elle en prenant la main de Lizzie. Avec cet accent, vous ne pouvez venir que de Caroline du Sud. Vous êtes une Ravenall de Ravenall Hall ?

— J'ai peur qu'il ne faille parler de Clegg County maintenant, répondit Lizzie. Mais du temps de mon grand-père, Ashley Ravenall...

— *Master* Ashley, interrompit Harriet. C'est toujours ainsi que nous l'appelions. »

Elle adressa un large sourire à Lizzie.

« Eh bien, pour une surprise... mais entrez donc, mam'zelle Elizabeth ! »

Le docteur Walton venait enfin de parvenir au cinquième étage, et Lizzie présenta ses deux compagnons à l'ancienne esclave. Puis Harriet referma la porte et les conduisit dans un petit salon chichement décoré, mais d'une propreté impeccable.

« Votre grand-père était un homme bon et généreux, mam'zelle. Je l'aimais beaucoup. Il a vraiment essayé de tenir parole : vous le savez sans doute, il m'avait promis de me libérer. Mais quand il est mort, j'ai perdu tout espoir. Alors, je me suis enfuie, et c'est seulement à partir de ce moment-là que ma vie a commencé. Mais dites-moi ce qui vous amène. Et pour commencer, asseyez-vous. »

Lizzie remit de l'ordre dans ses robes avant de s'installer sur un petit fauteuil aux teintes passées.

« Eh bien, j'ai découvert le journal de mon grand-père le mois dernier. A la dernière page, il y mentionne un trésor, dont vous seule connaîtriez la cachette. »

Indy se pencha en avant. Le moment était venu. Harriet allait leur révéler la clé du mystère... Quoiqu'il continuât à haleter comme une vieille locomotive, le docteur Walton n'en tendit pas moins l'oreille avec avidité, songeant déjà aux milliers d'exemplaires du chef-d'œuvre qu'il tirerait de cette aventure.

Mais Harriet fronça les sourcils et prit un petit air gêné.

« Vous savez de quoi je veux parler ? s'impatienta Lizzie.

— Eh bien, en vérité, je ne comprends pas bien le sens de tout cela, répondit Harriet. Mais quand j'avais quinze ans, et que j'aidais en cuisine... »

Elle s'interrompit et baissa les yeux.

« Je me sens un peu bête, pardonnez-moi. Mais, voyez-vous, *master* Ashley passait souvent par la cuisine pour discuter avec moi. Et peu après la mort de sa femme, il m'avait dit que le jour où il partirait lui aussi, je pourrais avoir l'objet auquel je tenais le plus dans la maison. »

Elle secoua la tête et regarda Lizzie d'un air penaud.

« J'étais encore une gamine, à l'époque, et je n'ai pas vraiment compris ce qu'il voulait dire. Moi, l'objet auquel je tenais le plus dans toute la plantation, c'était une poêle en fonte accrochée dans la cuisine. Je l'appelais mon Trésor. »

Lizzie poussa un petit cri. Quant au docteur Walton, il se lissa les moustaches d'un air dépité.

« Alors, le trésor ne serait autre... qu'une poêle ? Nous avons dû mal interpréter le journal de votre grand-père, Lizzie. Mais pourtant... Je ne comprends pas. Non, je ne comprends pas. »

Indy était resté silencieux, plongé dans une intense réflexion.

« Madame Stoneman, demanda-t-il soudain. Avez-vous gardé votre Trésor ?

— Oh, oui ! Quand Clegg le Tueur est arrivé, j'ai dû m'enfuir. C'était un maître terrible. En partant, j'ai emporté ma grosse poêle en fonte. Et j'en ai cuisiné des repas, avec ! Vous pouvez me croire... Elle est pratiquement indestructible. Vous savez, elle m'a sauvé la vie à la bataille de Chattanooga : sans elle, j'aurais pris une balle en plein front, et je ne serais plus là pour vous raconter mon histoire...

— Mais où est-elle, maintenant ?» demanda Indy d'un ton pressant.

Harriet Stoneman haussa les épaules.

« Elle est suspendue à un clou dans ma cuisine, au-dessus du four.

— Pourrions-nous jeter un coup d'œil dessus, madame ? J'ai l'impression que cette vieille poêle mérite bien son nom de trésor, en fait...

— Bien sûr, suivez-moi ! »

Une fois dans la cuisine, Harriet attira l'attention de ses visiteurs sur la grosse entaille située à l'intérieur de la poêle.

« C'est là que la balle a ricoché, expliqua-t-elle fièrement. Je suis tombée à la renverse, mais je m'en suis tirée avec un bleu. Un coup de chance, en vérité. »

Indy examina de près l'ustensile.

« C'est du solide, constata-t-il. De quoi assommer un bœuf. Mais il semble impossible de cacher quoi que ce soit à l'intérieur du manche. »

La mine pensive, il retourna la poêle, pour en examiner le fond. Se plaçant juste sous la lumière, il scruta pendant de longues secondes la couche de gras qui s'était accumulée. Et soudain, son regard se mit à pétiller.

« Madame, si vous me le permettez, je voudrais récurer votre poêle.

— Comment, mon garçon ! Elle n'est pas assez propre à ton goût ? Ma parole, en voilà des chichis ! grommela Harriet, piquée au vif.

— Oh ! l'intérieur est parfaitement propre. Mais je pense que l'extérieur mérite plus ample examen.

— Eh bien, je te souhaite bon courage. Parce que j'en ai cuisiné des repas, avec cette poêle ! Il va te falloir un moment pour arriver jusqu'au métal. »

Indy gratta furieusement pour se frayer un chemin à travers des années de graisse et de crasse. Mais au moment où ses poignets allaient refuser de lui rendre tout service, il fut enfin récompensé de ses efforts.

« Lizzie ! docteur Walton ! hurla-t-il soudain. Regardez : on dirait un plan. »

Tous accoururent auprès de lui et observèrent la poêle, le cœur battant.

« Mais... c'est le plan de Ravenall Hall ! » s'écria Lizzie.

Elle passa le doigt sur le métal terni par les ans.

« On dirait qu'il y a une croix à l'endroit où se trouvait la salle de couture de ma grand-mère. »

Harriet se pencha à son tour sur son Trésor. Puis elle lâcha ce commentaire laconique :

« Alors, il savait. »

Les trois visiteurs se tournèrent comme un seul homme vers Harriet Stoneman.

« *Qui* savait *quoi* ? demanda le docteur Walton.

— *Master* Ashley savait que Mme Elizabeth cachait des esclaves évadés dans la salle de couture.

— Ma grand-mère ? Dans la salle de cou...

— Mais où les cachait-elle ? » interrompit Walton.

Harriet posa un doigt sur la poêle, à l'endroit où apparaissait la mystérieuse croix.

« Dans un placard à double fond qui ouvrait sur un tunnel.

— Vous êtes en train de me dire que ma grand-mère travaillait pour le réseau souterrain ?! s'exclama Lizzie, qui allait décidément de surprise en surprise.

— Et que son mari s'était lui aussi servi de cette cachette à d'autres fins ? » ajouta Indy.

Harriet hocha la tête.

« Où croyez-vous que j'aie appris l'existence du réseau ? C'est Mme Elizabeth qui m'a mise au courant. Je me suis toujours dit que *master* Ashley aurait approuvé le principe. Mais c'était une activité illégale, et *master* Ashley ne badinait pas avec la loi. »

La vieille femme attira alors Lizzie vers elle.

« Je vais vous expliquer comment trouver

ce placard... et comment ouvrir le panneau secret. »

Lizzie se pencha pour écouter ce que Harriet Stoneman lui murmurait à l'oreille. Puis la vieille femme regarda la jeune héritière droit dans les yeux.

« Et maintenant, mon enfant, promettez-moi de ne jamais répéter à personne un seul mot de ce que je vous ai dit.

— Je vous le promets, répondit Lizzie solennellement.

— Nous n'avons pas le droit de savoir, nous autres? s'indigna le docteur Walton, monocle en berne.

— Cher monsieur, vous ne vous appelez pas Ravenall. »

Cette vérité était difficilement contestable...

11

Un revenant indésirable

Quatre jours plus tard, par une nuit sans lune, Lizzie, Indy et le docteur Walton s'engageaient dans l'allée de chênes-verts qui menait à Ravenall Hall. L'imposante bâtisse, avec ses colonnes grecques usées par le temps, ressemblait aux ruines d'un temple antique, abandonné de tous. Une nappe de brume en noyait les contours et donnait à l'endroit des allures fantomatiques.

« Personne n'y vit plus, aujourd'hui, expliqua Lizzie. Gideon Clegg a pillé notre maison et tous les objets de valeur se trouvent maintenant à Clegg Hall, la nouvelle demeure qu'il s'est fait bâtir de l'autre côté de la propriété. Il veut que tout le monde oublie que les Ravenall ont jamais existé. »

A cet instant, nul n'aurait pu croire que Lizzie n'avait pas plus de dix-huit ans. Une telle gravité, une telle détermination émanaient de toute sa personne, qu'Indy se sentit presque intimidé. On aurait vraiment dit que la jeune fille partait en guerre, prête à mener un ultime combat d'où son avenir dépendait.

Mais bientôt, la guerre serait finie — ils gagneraient la partie. Et qu'adviendrait-il alors de Lizzie ? Indy la reverrait-il jamais ? Sans doute pas... et cette pensée lui broyait le cœur.

Le docteur Walton immobilisa l'attelage devant le grand portail en fer forgé de Ravenall Hall. Indy mit pied à terre dans la boue et entreprit de faire sauter le cadenas rouillé.

Les charnières du portail grincèrent de façon sinistre lorsqu'Indy poussa les battants, qui n'avaient pas bougé depuis plusieurs décennies. Heureusement, personne ne pouvait rien entendre.

« Suivez-moi, fit Lizzie sans hésitation. Je connais le chemin. »

Les colonnes de bois semblaient avoir été rongées par des générations de termites. Quant à la peinture blanche, elle partait en lambeaux jaunis.

« Quand j'étais petite, j'avais l'habitude de sauter les marches deux à deux, raconta Lizzie. Maintenant, elles me semblent si petites que je pourrais les enjamber d'un... »

Mais elle fut brusquement interrompue dans son élan.

« Aïe ! » s'écria-t-elle.

L'une des lattes du plancher avait cédé sous son poids, et Indy n'eut que le temps de la rattraper par le bras.

« Nous ferions bien d'être prudents, conseilla le docteur Walton, que toutes ces acrobaties affolaient quelque peu. Ces ruines renferment une multitude de pièges... »

Indy repéra une porte-fenêtre dont la vitre avait été brisée, et il parvint à actionner la poignée depuis l'extérieur. A pas comptés, tous trois pénétrèrent dans un salon obscur et humide où régnait une dure odeur de moisi.

Sitôt qu'Indy eut allumé sa lampe à pétrole, des ombres inquiétantes se mirent à danser sur les murs. On eût dit que les vieux fantômes de la plantation avaient été brutalement tirés de leur sommeil séculaire par ces intrus, et se livraient ensemble à une sarabande indignée.

A la queue leu leu, la petite troupe traversa un vestibule tissé de toiles d'araignées, et découvrit enfin la salle de couture d'Elizabeth Ravenall, la grand-mère de Lizzie.

L'heure de vérité avait sonné. Mais les souvenirs d'Harriet, vieux de cinquante ans, n'avaient-ils pas eux aussi souffert de l'usure du temps ?

« On dirait que le papier peint a été changé depuis la vente de la maison, constata Lizzie.

— J'espère seulement que le placard n'a pas été muré, grommela Indy.

— Dépêchons-nous, dépêchons-nous, intervint alors le docteur Walton. N'oubliez pas que nous voulons être repartis au petit matin. Et j'aperçois déjà le soleil qui se lève sur les champs de coton. »

Lizzie consulta le plan gravé sur le fond de la poêle. Puis elle se dirigea vers le placard le plus proche de la fenêtre.

« Ce doit être celui-ci... »

Elle en ouvrit toutes grandes les portes et pénétra à l'intérieur. Puis elle fit pression sur les coins supérieurs du mur qui se dissimulait derrière la penderie. Pendant quelques instants, rien ne se passa. Puis il y eut un léger déclic, et un panneau de bois chuta bruyamment.

Lizzie arracha à Indy la lampe à pétrole et s'empressa d'éclairer la pièce secrète qui venait d'apparaître.

Elle était vide.

D'une main tremblante, la jeune fille promena sa lampe dans tous les recoins, mais sans succès.

« Ce n'est pas possible ! gémit-elle. Nous n'avons pas fait tout ce chemin pour rien. »

Des larmes lui vinrent aux yeux.

« Attendez ! lança Indy. Je me demande si... »

Il se mit à genoux sur le plancher pourri, qui grouillait de vers et de larves.

« Regardez ! Ces lattes sont différentes de celles qu'il y a dans la salle de couture. Je suis presque sûr que... »

Et il tira de toutes ses forces sur les planches les moins bien jointes, sous les yeux dégoûtés du docteur Walton, qui avait chaussé son monocle pour mieux voir les minuscules pensionnaires du plancher.

« J'en étais sûr ! s'écria Indy. Il y a un double fond... »

Comme il approchait sa lampe, chacun put apercevoir ce qui avait été caché sous le plancher. Non, ils n'avaient pas fait tout ce chemin pour rien. Un grand coffre en acier les attendait là, bien sagement... Lizzie Ravenall était maintenant une femme riche.

12

Bonjour, richesse !

« Dieu soit loué ! » murmura Lizzie, émerveillée.

Ses deux compagnons ne soufflèrent mot. Le bonheur de la jeune fille faisait plaisir à voir...

« Eh bien ! s'écria enfin Indy, rompant le silence, si nous ouvrions le coffre aux merveilles ? »

Comme il s'apprêtait à joindre le geste à la parole, un fracas de vitres brisées les fit tous sursauter. Puis il y eut un choc sourd, et une exclamation étouffée. Avant d'avoir compris ce qui se passait, Indy sentit un bras puissant le ceinturer.

« Beau ! » s'écrièrent en chœur Lizzie et le docteur Walton, les yeux écarquillés par l'horreur.

C'était Beau, en effet, un Beau au mieux de sa forme, et qui pointait sur la jeune fille et le

vieil historien un pistolet des plus impressionnants. Quelques instants plus tard, un second larron le rejoignit — l'inévitable « Raspoutine ». Mais il n'était pas seul... A son côté, tout rabougri, voûté, portant lunettes et cheveux gris, se tenait un vieillard. De prime abord, il ressemblait davantage à un fantôme qu'à un être humain... Mais l'arme qu'il pointait vers les prisonniers, elle, était bien réelle.

« Je me présente, annonça le mystérieux personnage : Gideon Clegg. Comme vous le savez sans doute, cette maison est la mienne. »

Un pâle sourire étira ses lèvres.

« Vous en conviendrez donc vous-mêmes : tout ce qui se trouve ici m'appartient. »

Indy serra les poings, et tenta — mais en vain — de se dégager. Ces bandits avaient beau être armés jusqu'aux dents, si le docteur Walton pouvait attirer leur attention ne fût-ce qu'un instant...

Il chercha des yeux l'historien, et ce qu'il vit alors le laissa muet de saisissement. Le docteur Walton était bien là, mais il se trouvait maintenant aux côtés de Gideon Clegg et de ses deux sbires...

« Docteur Walton, que faites-vous ?... »

Sa voix s'étrangla dans sa gorge. Il n'y avait qu'une explication possible, et elle lui apparaissait maintenant avec une netteté effarante.

« Le bon docteur travaille pour moi, expliqua obligeamment Clegg. Depuis que mes ... agents l'ont capturé dans le Maryland. »

Lizzie ouvrit des yeux ronds. Indy, quant à lui, n'arrivait pas à se rendre à l'évidence.

« M... m... mais comment vous y êtes-vous pris pour nous suivre à la trace? Nous vous avions semés! »

Beau grimaça ce qui était supposé s'appeler un sourire.

« Nous disposions d'un petit télégraphiste très efficace et... très discret, n'est-ce pas, docteur Walton? »

Soudain, tout s'éclaircit dans l'esprit d'Indy. Voilà la raison pour laquelle Walton consultait toujours sa montre. Et voilà sans doute aussi pourquoi il était si fatigué à New York. Il avait dû courir comme un dératé pour envoyer un télégramme, dès leur arrivée à Pennsylvania Station!

Lizzie se tourna vers Walton et le regarda droit dans les yeux.

« Ce n'est pas vrai », murmura-t-elle.

Zachary Walton était comme pétrifié. La tête baissée, il entreprit de se justifier.

« Ils ont menacé de me rouer de coups et... ils m'ont offert de l'argent. Beaucoup d'argent. Il faut comprendre, c'était pour moi une chance unique de réaliser mon rêve, et de mettre sur pied une bibliothèque consacrée à la guerre de Sécession. Tout ce qu'ils voulaient, c'était que j'expédie un ou deux télégrammes. »

Indy le fusilla du regard. Ce lâche, cet opportuniste, c'était donc là le meilleur ami de son père ? Un sentiment d'écœurement l'envahit. De désespoir, aussi, car cette fois-ci, ruse ou pas, Lizzie et lui étaient bel et bien perdus...

« Allons, Beau ! glapit alors Gideon Clegg. Ouvre-moi ce coffre. »

Docilement, le géant roux fit sauter le fermoir et Lizzie se démancha le cou pour essayer d'apercevoir ce que son grand-père y avait caché.

« Ni or, ni bijoux, ni billets de banque, s'écria Beau, tout déconfit. Rien que des papiers ! »

Clegg tendit une main avide.

« Donne-les-moi ! Vite ! »

Il palpa la liasse avec un gémissement de joie.

« Des titres ! Le vieux avait acheté des actions ! »

Soudain, son visage se décomposa.

« Banque d'Atlanta... mais... elle a été brûlée par les Yankees en 1864 ! Chemins de fer de Natchez à Nashville... ? Les Yankees ont aussi détruit les voies !! Tradegar Ironworks... ? Cette compagnie a fait faillite en 1865 !!! »

Clegg jeta les titres par terre et se mit à les piétiner avec fureur.

« Cet imbécile de Ravenall a investi dans des compagnies qui n'existent plus ! Des milliers de dollars ont été gaspillés ! »

Haletant, blême de rage, Gideon Clegg se pencha de nouveau vers le coffre.

« Tu es sûr qu'il n'y a rien d'autre, Beau ? »

Ce dernier fouilla d'une main nerveuse.

« Ah si ! Il y a encore ces lettres », annonça-t-il victorieusement en brandissant une autre liasse, de plus petite taille.

Gideon Clegg entreprit de l'éplucher avec fébrilité.

« Ce sont des lettres adressées à Ravenall par un notaire de Charleston, un certain Harkwood...

— Et je peux vous dire ce qu'elles contiennent ! interrompit Lizzie, hors d'elle. Elles prouvent que votre père était un escroc. Un voleur, un usurpateur qui trompait la confiance de mon grand-père !

— Hé ! Hé ! Tel père, tel fils ! » laissa fort imprudemment échapper « Raspoutine ».

Indy se demanda si Clegg allait succomber à une crise cardiaque, ou se transformer en meurtrier. Livide de haine, le vieillard pointa sa carabine en direction de son homme de main.

« Il n'y a pas de quoi rire, pauvre imbécile ! Ces documents sont accompagnés d'une note datée du 13 septembre 1858. Cette note est signée Ashley Ravenall. Et d'après ce qu'il a écrit, ces documents constituent la preuve que mon père était un voleur.

— Le 13 septembre 1858? C'est le jour où mon grand-père est mort! s'exclama Lizzie.

— Je me demande si Harlan Clegg ne s'est pas douté qu'il y avait anguille sous roche, murmura Indy. Il a sans doute appris que M. Ravenall était au courant de son petit manège et il a voulu le supprimer.

— Tu as sans doute raison, répondit Lizzie d'une voix oppressée. En l'empêchant de se rendre chez son notaire, Clegg pensait sûrement que toutes les traces de ses méfaits seraient effacées.»

Gideon Clegg se tourna vers la jeune fille.

«Le raisonnement me semble fort convaincant. Si convaincant, même, que je vais m'empresser de l'appliquer...»

Lentement, le vieil homme dirigea son arme vers Lizzie et vint la coller contre la tempe de la jeune fille immobile.

Derrière Clegg, Zachary Walton, immobile, les yeux hagards, fixait la scène avec horreur. Le visage de l'historien avait vieilli de dix ans. Il délogea lentement son monocle de l'orbite qui le maintenait en place, puis le rangea soigneusement dans la petite poche qu'il lui réservait dans son veston. Estimait-il qu'il en avait assez vu ainsi?

Non pas. Retrouvant comme par miracle une seconde jeunesse, Walton se jeta subitement sur Clegg et le plaqua au sol. La carabine de l'usurpateur alla atterrir à l'autre bout de la pièce.

« Vous avez acheté mes services en tant qu'espion, hurla Walton, mais tout votre argent ne parviendra pas à me faire devenir le complice d'un meurtre ! »

Les deux hommes roulèrent sur le sol et firent tomber Beau à la renverse. Dans la mêlée, Lizzie réussit à attraper le revolver du géant roux et le pointa vers « Raspoutine », qui était resté les bras ballants, en attendant qu'on lui donne des ordres.

Mais Beau se releva en un clin d'œil et, d'un coup de pied sec, arracha l'arme des mains de Lizzie. Sans se démonter, celle-ci attrapa alors la grosse poêle de fonte.

« Vous croyiez vous en tirer aussi facilement ? fit Beau en ricanant. Mais vous avez commis une petite erreur d'appréciation. Une erreur qui va vous coûter la vie. »

Une détonation assourdissante retentit dans la pièce. Indy se retourna, juste à temps pour voir Lizzie s'écrouler.

« *Non !!!* » hurla le jeune garçon.

Une vague de rage incontrôlable s'empara alors de lui et il se jeta tête baissée sur Beau, qui poussa un cri de douleur avant de vaciller et de s'écrouler au sol en se tenant le ventre.

Mais Indy ne s'arrêta pas là. Ses forces décuplées par la fureur, il se mit à rouer le géant de coups de poing et de coups de pied. Rien au monde n'aurait pu l'arrêter.

« Indy ! Indy ! Assez ! Tu vas le tuer ! »

Sur le moment, Indy continua comme si de rien n'était. Puis, soudain, il se figea sur place, incrédule.

« Mais... Lizzie ? »

La jeune fille le regardait, assise sur son séant.

« J'ai cru qu'il t'avait..., bredouilla Indiana, éberlué.

— Oh ! il m'a tiré dessus, aucun doute, répondit la jeune fille. Et j'ai bien peur que Beau ne soit responsable d'une autre entaille dans le Trésor d'Harriet. »

Elle examina la poêle et découvrit un énorme cratère au beau milieu du vénérable instrument. Puis, relevant les yeux :

« Attention ! » hurla-t-elle.

« Raspoutine », auquel ils ne pensaient plus, ne les avait quant à lui nullement oubliés.

« Fini de rire, mes agneaux ! » grogna-t-il en les menaçant de son arme.

Mais à ce moment, Clegg et Walton, qui se battaient toujours comme deux chiffonniers, roulèrent sur la lampe à pétrole, dont le verre se brisa. Le pétrole se répandit alors comme une traînée de poudre et le plancher s'enflamma.

Ce fut la débandade. « Raspoutine », abandonnant Indy et Lizzie à leur sort, se précipita vers Beau, pour tenter de le ranimer.

« Beau, Beau ! Réveille-toi ! Le patron est en danger ! Et nous allons tous y passer si tu ne m'aides pas ! »

Dans la bagarre, le docteur Walton avait ramassé les armes, avec un sang-froid inhabituel chez lui. Et il ne tarda pas à tenir les trois malfrats en respect.

« Sortons d'ici ! ordonna-t-il d'un ton bref. Il n'y a pas un instant à perdre. »

Dix minutes plus tard, Beau, « Raspoutine » et Gideon Clegg gisaient dehors pieds et poings liés. Quant à Lizzie, elle regardait la maison de son grand-père s'envoler en fumée, les larmes aux yeux.

Indy s'efforça de la consoler.

« Je suis désolé, Lizzie. Mais c'était devenu une très vieille maison, impossible à remettre en état. Et il faut vous dire que justice sera faite. Clegg et sa bande vont passer un sale quart d'heure au tribunal de Charleston. »

Il passa affectueusement le bras autour des épaules de la jeune fille, qui pleurait maintenant à chaudes larmes.

« Et quand je pense que ces titres ne valent rien... », soupira le docteur Walton.

Lui aussi en avait les larmes aux yeux.

« Je ne suis pas très fier de moi, ajouta-t-il.

Je ne sais pas ce qui m'a pris. Je ne me serais jamais cru aussi lâche... »

Lizzie se tourna vers lui et lui adressa un pauvre sourire à travers ses larmes.

« Je vous pardonne, docteur Walton. Je ne sais pas ce que j'aurais fait à votre place. »

Dans un grand fracas de planches et de verre brisé, le toit de Ravenall Hall s'écroula au milieu des flammes.

« Oh, mon Dieu ! »

Incapable de regarder davantage, Lizzie se jeta dans les bras d'Indy.

Au bout de quelques minutes, la grande maison qui avait vu se succéder des générations de Ravenall fut réduite à un tas de cendres fumantes.

« C'est un siècle d'histoire qui vient de s'évanouir devant nos yeux », commenta le docteur Walton avec tristesse.

« Pas tout à fait... », corrigea Lizzie en séchant ses larmes.

Indy recula d'un pas.

« Que voulez-vous dire, Lizzie ?

— Eh bien... je n'ai pas tout perdu. Pour ce qui est des titres, je ne pense pas qu'il y ait de quoi être si déçu. »

Ses deux compagnons la fixèrent d'un air interrogateur.

« Eh bien, si Clegg s'était donné la peine d'y regarder à deux fois, il aurait découvert que mon grand-père avait également investi dans

des compagnies yankees, dans le Nord du pays. Des compagnies qui sont aujourd'hui florissantes : les chemins de fer de Baltimore et de l'Ohio, les Armureries Colt, la poudre à canon Du Pont... »

La jeune fille s'approcha des deux hommes.

« Alors, vous voyez, je suis riche ! Mais je vous dois à tous les deux une fière chandelle. »

Et sans autre forme de procès, elle déposa un baiser sur le front plissé du docteur Walton et un autre sur la joue rouge pivoine d'Indiana.

Fou de joie, celui-ci jeta son chapeau de feutre en l'air. Malheureusement, le couvre-chef atterrit sur un tas de cendres encore brûlantes et se consuma rapidement.

« Tu en es à ton deuxième chapeau en un mois, Indy, gronda Lizzie. J'espère que tu prendras davantage soin de celui que je t'ai acheté à Christiana. Je voulais t'en faire la surprise, mais je ne peux plus attendre.

— Vous m'avez acheté un nouveau chapeau ? »

Indy était aux anges.

« Oui, et je crois que c'est ton modèle préféré : un chapeau de paille d'Italie ! »